贋作 桜の森の満開の下

野田秀樹

足跡姫

時代錯誤《ときあやまって》冬《ふゆの》幽霊《ゆうれい》

新潮社

目次

贋作　桜の森の満開の下／足跡姫

時代錯誤冬幽霊《ときあやまってふゆのゆうれい》

NODA・MAP
野田地図

第22回公演

贋作 桜の森の満開の下

2018年9月1日(土)~ 9月12日(水)
2018年11月3日(土・祝)~11月25日(日)

東京芸術劇場プレイハウス

*

2018年10月13日(土)~10月21日(日)

新歌舞伎座

*

2018年10月25日(木)~10月29日(月)

北九州芸術劇場 大ホール

*

パリ公演　ジャポニスム2018公式企画
2018年9月28日(金)~10月3日(水)

国立シャイヨー劇場

桜の知らせは、いつも西から来る。

西で桜が咲くと東もつづけて咲いていく。

桜の花は、日本人的な性格をもっていて、隣りの桜が咲いたのに驚いて、自分も思わず咲いてしまうような、おひとよしなところがある。

桜が咲いたのをきいて、びっくりして、桜が咲いた。のをきいて、びっくりして桜が咲いた。のをきいて、びっくりして桜が咲いた。

という感じだろうか。

連鎖的に咲いていく。

だから咲きはじめたと思うと、あららららららららという感じで咲く。だから、らの字が、花びらのようにらららららららと咲く、というのが、桜＝咲くらの語源である。

むろん嘘だけれども、信じてもらっても、一向に差し支えない。

咲くららららららららららら
これが、すなわち、桜の森の満開の姿であろう。

すると、桜の森の満開の下というのは、咲くらららららららららの下に、何がつづくかということになる。らららららと口ずさむと、その下にどうしても、らららららら山羊さんも――という歌声をつなげたくなるのが人情である。人情にまちがいはない。桜の森の満開の下は、そんな花見の歌声のように明るいのである。桜の森の満開の下がこわいだの不気味だのという文学者のふとどきな口車にのせられてはいけない。いきなり、こわいわけがない。桜の森の満開の下は、ともかく明るい、明るくて明るくて明るいのである。そして明るいものは、美しい笑顔のように残酷である。

明るい桜と書く時のように、美しい笑顔というのには過剰なものを感じる。臆病な男が、少女の美しい笑顔というものを、なかなか直視できないのは、美しい笑顔からあふれている過剰なものに、溺れてしまいそうだからである。現に、自分の頭をぶつけて、できた大きなくぼみに雨水がたまり、池となりそれを苦にして、しまいにそこに飛びこんで自殺したというナンセンスは、中年男の物語である。その点、少女アリスは、自分の流した涙の池に溺れそうになっても、すんでのところで助かっている。どちらの話も明るく残酷であるが、中年男は滑稽な池の中で死んで、少女アリスは、悲嘆の涙にも溺れ死ぬことがない。中年男の方が残酷には弱いのである。

さて、そこで、桜の知らせは、なぜ決まって、西からやってくるのか、ということである。

とても、私の頭では、ハカリきれない。

と書いたところがミソである。西という文字は、昔の肉屋や八百屋の店先にあったハカリに似ている。その西のハカリには、たぶん、残酷というものを１００ｇいくらで売っている。なぜなら安吾が言ったように「西は残酷のふるさとである」からだ。だから、「西の果ては、さいはてと読むのだ。」とハタチの頃の僕が言った。そして、さいはてに咲き誇る満開の残酷が、四月に東へと運ばれてくる。

「四月は残酷な季節だ」と、かの西の詩人が言った。あれは正しく翻訳されていれば、「桜の森の満開の下」ということだったのである。

（「贋作　桜の森の満開の下」１９９２年　公演パンフレットより）

贋作《にせさく》 桜の森の満開の下

第一幕

第一場　鬼女達と桜の森の入口の耳男

深い深い桜の森。

舞台中央に大きな桜の木。

その前に巨大な一枚の紙。

その紙の上に桜の花びら。

巨大な紙が、桜の木の下の風に、波打ち始める。

同時に紙の上の花びらが舞う。

次第に激しくなる。

その絶頂で、その大きな紙が破られて、まるで、桜の木の下に埋まっていたかのように鬼女たちが現れる。

そこへ耳男《みみお》が走りこんでくる。

鬼女たち、その姿を桜の木の幹に隠しつつ。

鬼女1　今日でなくちゃいけないのかい？
耳男　今日でなくちゃいけないんだ。
鬼女2　昨日もそう思ったんだろ？
耳男　昨日もそう思ったんだ。
鬼女3　それでも約束があるんだね？
耳男　それでも約束があるからね、あれっ？　お前達、誰だい。
鬼女1　あんたこそ誰だい。
耳男　山びこか。
鬼女2　森びこよ。
耳男　そんなのいたか？
鬼女3　そんなのいないわ。
鬼女1　この山奥に約束した誰がいるんだい？
耳男　誰もいないけれども約束があるんだ。
鬼女2　誰もいなくって、誰と約束するんだえ？
耳男　桜の花が咲くんだよ。

鬼女たちは笑い声と共に、走り去る。
耳男の背後に、ただ一人、耳男に恋をしてしまった鬼女がのこる。

鬼女　桜の花と約束したのかい。
耳男　桜の花が咲くから、それを見てからでかけねばならないんだ。
鬼女　どういうわけで？
耳男　桜の森の下へ行ってみなければならないんだ。
鬼女　だからなぜ行ってみなければならないのよ。
耳男　花が咲くからだよ。
鬼女　花が咲くからなぜさ。
耳男　花の下は冷たい風がはりつめているからだよ。
鬼女　花の下にかえ。
耳男　花の下は涯《はて》がないからだよ。
鬼女　どうして涯がないのだえ。
耳男　この問答みたいにつらつらつづくからだよ。
鬼女　どうしてつらつらつづくんだえ？
耳男　どうしてだろう。
鬼女　私も連れて行っておくれよ。
耳男　それはだめだ、一人でなくちゃだめなんだ。

耳男、ふりむくと誰もいない。

耳男　そこでは、ゴウゴウ風が鳴っているんだ。それでいて、ひとつも物音がなくてね、おれの姿と足音ばかり、それがひっそりと、冷たい、動かない風の中に包まれて、ぽそぽそ散る花びらのように魂が散って、いのちが衰えていく。目をつぶって、何かを叫んで逃げたくなる。けれど目はつぶれても耳はつぶれない。まぶたはあるけれど、耳ぶたはないから。耳たぶはあるけど、耳ぶたがないから、それで桜の粉と一緒に耳から何かが入ってくる。それが一体なんなのか、ひとつ考えてやろう、ひとり桜の森の花ざかりのまんなかで身動きもせずじっとして、今年こそ考えてやろう……いや来年にしようかな、今年はちょいと考える気がしない、来年にしよう、そう毎年考えて何年もたった。でも今年こそは考えてやろう……いや来年に。うん？　知ってるぞ、こういうエンドレスのひとりごとから帰れなくなったやつ、地下街でみかける……人呼んでキチカガイ。

第二場　桜の森の入口

と耳男の師匠、赤名人が現れて。

赤名人　耳男、どうした。
耳男　（赤名人をしかと見て）ああ、帰ってこられて良かった。このうつつの世に。
赤名人　さっきから、背中となにを話しているんだ。
耳男　俺の背中、荷物だけでした？
赤名人　夕陽もしょってる。耳男急ぐぞ、この桜の森を越えればもうじきだ。

耳男　名人！　どうやったら名人！　て呼ばれるようになるんでしょう？

赤名人　名人への道は、遠く険しい。

耳男　でしょう。（逆方向へ）

赤名人　どこへ行く。

耳男　名人ならば、遠回りするべきだ。

赤名人　ヒダの王家の王がお待ちなんだ。

耳男　よからぬことも待っていそうで。

赤名人　ならば耳なし芳一を真似て全身に経文をかいときな。

耳男　〝地球の歩き方〟にもあるんです。歩いてはいけないところ、ダウンタウンのイースト

と桜の森の満開の下。

赤名人　屍体でも埋まってるってかい？

耳男　それまで温厚だった旅の友の気が、急にあらくなり。

赤名人　ムダ口叩くんじゃねえ!!　おれを誰だと思っていやがる!!

耳男　すぐにも、てめえの自慢をはじめ。

赤名人　俺様こそ、ヒダは匠《たくみ》の三名人の一人だぜ！

耳男　やがて人使いが荒くなり。

赤名人　（荷物を耳男に投げつけて）荷物を運べ！　肩を揉め！　靴下脱がせろ！

耳男　しまいに、冗談がつまらなくなったら。

赤名人　のみは手にするもんでいっ、体に飼うもんじゃねえ。（自分にだけ受ける）

耳男　もう、あなたは桜の森の満開の下症候群、エンドレスのひとりごとが始まり……

赤名人　ブツブツブツブツ……

赤名人、いきなり耳男に襲いかかる。

耳男　うわっ！　名人、どうしちまったんです。

耳男、身を庇おうと鑿《のみ》を取りあううちに、赤名人を刺し殺してしまう。

耳男・赤名人　うわあ！

赤名人　やりのこした仕事が……

耳男　オレだってまだ、のみの使い方ひとつ教わっちゃいないんですぜっ。

上手より、高貴な身なりの女達（ヒダの王家の侍女たち）が現われて耳男に。

貴い女1　お迎えにまいりましたわ。

耳男　だからこんなところ通るの……えっ？

下手よりエンマとハンニャが現れて、死んでいる赤名人に。

エンマ　迎えにまいった。

赤名人　え？
貴い女2　（耳男に）ヒダの王家の王がお待ちよ。
ハンニャ　（赤名人に）ヨミのクニのエンマがお待ちで。
エンマ　さあ、あちゃらへ。
赤名人　まだ仕事が山づみだ、この世に残業させてくれいっ！

と言いつつ、赤名人は、エンマとハンニャに下手へ連れていかれる。

貴い女2　さあこちらへ。
耳男　こちらって、どちら。
貴い女1　存知申し上げております。ヒダはタクミが三名人の一人にございましょう。
耳男　オレが!?　名人はこっち、あれ？（赤名人がいない）……もしかして、ここは名人への近道？
貴い女1　さあこちらへ、名人！
耳男　もしかして、ここは名人への近道？　桜の下で幸運を拾ったのは、この世にオレがただ一人だ。もう一度、そのひびきを。
貴い女1・2　めーいじん!!
耳男　いかにもオレが、ヒダタクミ協同組合の三名人が一人、耳男だ。

上手奥へ、耳男、貴い女らと去る。

第三場　山賊マナコ、タクミに化ける

突如、桜の森に雷鳴、轟く。
ケサガケに斬られて、逃げている男、その名も青名人。
追って走りでてくる山賊マナコ。

マナコ　待ちやがれい！
青名人　（さらに斬られて）うわあっ！（倒れ伏す）
マナコ　（死んだ男の着物の中に手を入れ、めぼしいものを捜すが、鑿と手紙以外にはたいしたものがない）梅雨のせんべいより、しっけてやがる。（しぶしぶ去ろうとするところ）
青名人　（息を吹き返して）待っ、待っ、待ちやがれいっ！
マナコ　梅雨のかびより、しぶてえ野郎だ。
青名人　鑿だけは置いてきやがれ。
マナコ　追いはぎを追いはぐってのか。
青名人　のみならず。
マナコ　なんでい。
青名人　鑿はタクミの命だ。鑿をもっていくなら命も、もってけ。両方もってくか、両方おいてけ。

マナコ　なら、両方もっていかあ！（バッサリ）

斬られた男を、またもや連れ去ろうとエンマとハンニャがでてくる。

青名人　やりのこした仕事が……この世に残業させてくれいっ！

ハンニャ　ねえ、エンマ。

エンマ　なんでい、ハンニャ。

ハンニャ　今日仕入れたのは、さっきのといい、こいつといい、仕事の鬼になりそうね。

エンマとハンニャ、青名人を運ぼうとすると、マナコが走り寄るので、パッととびのく。

マナコ　（死体の青名人にどなる）いいか！　オレを恨むな。不運を恨め！　オレを呪うな！　サダメを呪え！　殺す時は威勢がいいが、後で臆病になる山賊だっているんだ、バカヤロー!!　……（懐の手紙の文面に目が行く）うん？　へえ……ヤロー、ヒダタクミの名人だったのか……ほうほうほう……濡れ手で粟のぶったくりだ！　これからの三年間、女に不自由なく、小づかいがもらえて、ヤクルトまで入った冷蔵庫、つまりオレの人生の最終目標のすべてがそこにあるんだ！（一旦、奥へ去りかけてふりむき）桜の下で幸運を拾ったのは、この世にオレがただ一人だ！

上手奥へ走り去るマナコ。

エンマ、ハンニャも青名人を運び去る。

第四場　ヒダの王家

大きな桜の木の裏から、ヒダ王家の王とその家臣、侍女らが現れる。その王の前に、耳男と山賊マナコが、かしこまって出てくる。

アナマロ　ヒダタクミの三名人のうち二名が、まずここにうちそろいましたりなんかして。

王　これはまた、長かったり短かったりする旅路をはるばるであったり、あっという間であった。

アナマロ　ここにおわせるお方が、ヒダ王家の王であらせられたりなんかして。

王　そこもと名は?

耳男　耳男。

王　そこもとは?

マナコ　マナコ。

王　さっそく、名人たちの腕前が見たかったりなんかして。目の前にあったりなかったりする、うさぎがころりころがる木の根っ子で、なにものか、ほりたまえ、しゃあたまえ。

耳男とマナコは二人とも、鑿の使い方など知らず、互いを見て真似をする。二人、変なことをするたび、変な真似がエスカレートしていく。

マナコ （居直って）こんな木の根っ子で仕事ができるか！
耳男 （マナコをまねて）こんな木の根っ子で仕事ができるか！
アナマロ それでこそ名人たち。
王 ところで名人同士は顔見知りであるとか。
耳男 えっ？
マナコ み、耳男。
耳男 マナコ。
マナコ おまえ変ってないなあ。
耳男 オレが？　変ってるよ、お前こそ変ってないよ。
マナコ オレが？　オレこそオレじゃないみたいだろう？　オレオレじゃない詐欺、みたいな？
王 幼なじみとあっては辛かろうが、今日より、カタキ同士になったりなんかして。
耳男 カタキ？

第五場　オオアマの到着

オオアマが現れる。

アナマロ　ただいま、ヒダタクミ三名人のしんがり、オオアマが到着しちゃったりなんかして。
マナコ　オオアマ？……顔見知りだったかな。
耳男　だったかな？
マナコ　だった?!
耳男　だった?!
二人　だった!!　だった!!!　なつかしい!!!（握手しようとオオアマに手を差し伸べる）
オオアマ　はじめまして。
二人　（そのまま、さしのべた手で二人、握手する）
王　使いの口より、すでに聞き及んでいようが、わがヒメ達は一夜ごとに、二握りの黄金を、百夜にかけて、しぼらせ、したたる露をあつめて、産湯をつかわせたゆえに、黄金の香りがしたりなんかして。ワッハッハ。
アナマロ　どうぞ自慢話の先へ。
王　ヒメ達を愛しちゃってるのよ。
アナマロ　親バカの先へ。
王　四十六と四十二の時に産んだ娘だ、あわせて八十八だ。
アナマロ　意味のないたし算の先へ。
王　三年の後、わがヒメ達の今生《こんじょう》を守りたもう尊いミホトケの姿を、ヒダタクミ三名人の手で競い合い、刻んで欲しかったりなんかして。
耳男　ミホトケの姿は？

王　ミロクボサツ。

マナコ　してヒメはいずこに。

アナマロ　まず笑い声がきこえて、それから尊い姿が見えてまいっちゃったりします。

笑い声がきこえると、ヒメ達は、いつの間にか大きな桜の木の幹の節に、まるで桜の精でもあるかの如くに座っている。その大きな桜の木の大きな枝の間から鬼たちが顔を出している。鬼たちは、人の目に見えないのをいいことに逆立ちしたり、そこにいる人々をからかったりもする。但し夜長姫《よながひめ》が睨むと鬼もすくむ。

アナマロ　すでに目を閉じているのが早寝《はやね》姫《ひめ》。

王　目がらんらんとしているヒメが、夜長姫であったりなんかして。

夜長姫　まずは、二人ぶんのいらっしゃいませ。妹は、眠り苔《ごけ》の臥所《ふしど》で宵の明星を見つけると、すっかり眠りこけ、あたしは明けの明星を見つけるまで妹の番人、まんじりともせず朝のひばりに、まぶたが重くなるんです。

マナコ　では、朝をごぞんじないのですか?

夜長姫　光も風もすがすがしさも。

マナコ　朝起きて、ガンバローとか。

夜長姫　朝起きてバンガロー?　山小屋のこと?

マナコ　世間知らずか、世間をなめてる、どちらかだ。

夜長姫、耳男をつくづく見る間。その挙句。

夜長姫　おかしな、お耳。

皆、あっけにとられて大笑い。鬼も大笑い。

耳男　（赤面するも、気を取り直し）あの。
夜長姫　なあに？
耳男　その声は、桜の粉と一緒に入ってきた声。
夜長姫　あたしの声は、おかしなお耳の恋人なの。
耳男　たしかに背中越しに耳にした。
夜長姫　そうよ。あなたが小学生の時、あたしはランドセルだったもの。
マナコ　なめた女だ。ちょっと前なら、たたっ殺してるところだ。
夜長姫　鑿よりも斧をもたせたいタイプね。
マナコ　（オオアマに）おめえもなんとか言え。
オオアマ　職人は、口数少なきこそよかれ。
夜長姫　耳男、あたしから目をはなさないのは、あたしが憎くて？
耳男　いえ、珍しい人や物に出会ったら蛇に足を咬まれても、目をはなすなと名人がおっしゃった。
夜長姫　名人が？

耳男　すなわち俺がおっしゃられた。

奴隷のエナコがしゃしゃりでてくる。

エナコ　珍しいものを見たいならその馬の耳をごらんになれば？

王　ヒメ達が気に入ったミロクを造れば、そのオレイに、このキレイなドレイをやろう。

耳男　オレイにドレイとはキレイとはいえブレイ。

夜長姫　（耳男の関心がエナコに行ったのが気に入らない）今度は、エナコから目をはなさないのね。

エナコ　でもこのブレイなオレイが欲しくてミロクを彫るわけ？

耳男　（つぶやき）そうとだけ思われたくない。

エナコ　（つぶやき）あたしを欲しがっているとだけは思われたくない、と思っているわ。

耳男　（つぶやき）もしかしたら、オレが、あいつを欲しがっていると、あいつに思われるのがいやだと思っていることまで、かんぐっているのかもしれない。

エナコ　あいつめ、あたしを欲しがっているとあたしに思われるのがいやだと、あいつが思っていることを、あたしがかんぐったことまで気づいたのかもしれない。

夜長姫　耳男、どうしたの、その冷や汗。

耳男　まさかあいつ、おれがあいつを欲しがっていると、あいつに思われるのがいやだと思っていることをあいつがかんぐっているとおれが気づいたことまで悟ったのかもしれないといった自意識のつみかさねが冷や汗になって流れでるんだ。

夜長姫　違うわ。冷や汗は、幸せが、おとし穴にはまった時に流れるの。

耳男　おとし穴？

エナコ、耳男から目をそらし、耳男の背後に。やおら、その耳をつまむ。

エナコ　つくづく、念仏をきかせたくなる馬の耳だわ。

耳男　は！　目と話を耳からそらしたな。（と、言い終らぬうち）あーっ！

無気味な音。
エナコは、耳男の左耳を懐剣で切りおとしている。

エナコ　この馬の耳は東の風にさらしておくから、他のひとつは、あなたの斧でそぎおとして、せいぜい念仏でもきかせなさい。

エナコ、耳を盃の中へおとす。
盃に入った耳が、くるくるとまわりだす。

第六場　鬼達の供養

その耳のまわりに鬼達が集まってくる。

ハンニャとエンマと仕事の赤鬼と仕事の青鬼、耳をしばし、じっと見ている。
突然、ヨミノクニスクールの授業開始のチャイムが鳴る。

エンマ　転校生を紹介する。
仕事の赤鬼　仕事の赤鬼です。
仕事の青鬼　仕事の青鬼です。
エンマ　ハンニャ、校則を。
仕事の青鬼　それ、なんです？
エンマ　エンマ帳だよ。
ハンニャ　鬼と二の腕の贅肉は、目に見えぬこそよかれ。
仕事の赤鬼　鬼になりさがった私は、生涯、目に見えないのでしょうか？
エンマ　見えない？　誰が。
仕事の赤鬼　だから我々、鬼々がですよ。
エンマ　（急に仕事の赤鬼を無視して）あれっ？　仕事の赤鬼、どこへ行っちまったんだ。
仕事の赤鬼　え？　どうしたんだい。
ハンニャ　ここへ来た時から元気がなかったものね。
仕事の青鬼　転校してきて、すぐいなくなるやつっていましたよね。
エンマ　ああいうやつの親ってなにやってたのかな。
仕事の赤鬼　ここにいるよ。
仕事の青鬼　税務署に赤鬼申告して、みんなで財産を相続しますか？

仕事の赤鬼　ここにいるってば。
エンマ　お前は、こぶとりじいさんのこぶを相続しろ。で、キレイな女房がいたから、あれはオレが相続しよう。
仕事の赤鬼　よせ、おれが見えないのか！
エンマ　てな。
仕事の赤鬼　え？
エンマ　見えないわけじゃないんだ、無視してるだけなんだ。
仕事の赤鬼　人は鬼々たちのこと、見えてるのか。
仕事の青鬼　見えていて無視してるわけだ。
ハンニャ　この耳と同じよ。
仕事の青鬼　え？　何、何、何。
ハンニャ　さっき、人はみなあいつから耳が切り離されたってあいつに同情したでしょ。そこでハンニャ考えたの。どうしてこの耳からあの男が切り離されたと、耳に同情しないのかしら、エンマ。
エンマ　ほう、だな。
ハンニャ　主体と客体っていう問題では、片づけられないとハンニャは思うの。この耳も私達鬼々も人間から切り離されたという意味で『疎外』という問題を今、抱え込んだんだと思う。
エンマ　オレたちゃ、知識から切り離されているからよ。
仕事の赤鬼　ハンニャさんは、インテリだなあ。

仕事の青鬼　もしかしてハンニャさん、チェーホフに出てなかった？
仕事の赤鬼　ああ！　見た！　ハンニャ＝ワカリッコナイッコビッチ。
ハンニャ　だからワカリッコナイッコビッチは思うの。この耳だって人間界から切り離されたのをきっかけに鬼になれるんだって。
エンマ　耳鬼か。
仕事の赤鬼　確かにこの耳の境遇、オレ達に似てる。
仕事の青鬼　出るなり切り捨てられて、物語の外にポイだ。
仕事の赤鬼　同じミミの上だ。
仕事の青鬼　ラ・ボエーム……ミミー！
ハンニャ　変なニュアンスつけないで。
仕事の青鬼　新しい恋人にしよう。
エンマ　逆人工呼吸するぞ！　死の息吹を吹きこんで耳を鬼々の世界にひきずりこむんだ。

みんなで、耳に逆人工呼吸する。
息を吹き返す「耳」。

一同　お〜！
エンマ　転校生を紹介する、耳鬼です！
仕事の青鬼　耳に心が入ったぞ。
耳鬼の声　要らぬお世話をしてくれた。

仕事の青鬼　どうして。

耳鬼の声　耳に心がついたところで恥と言われるだけじゃないか。

仕事の青鬼　恥ずかしい真似をしてしまった。

エンマ　恥ずかしさのあまり、鬼はいつも隠れるサダメなんだなあ。

鬼たち、「恥ずかしい」といいつつ去る。

第七場　耳男、マナコ、オオアマ、三者三様の仕事場

三者三様の仕事場が出来上がっている。

マナコの部屋は、キンキラキンの成金趣味の仕事部屋。（黄金のゴム紐で作られている）

オオアマの部屋は、対照的な整然とした部屋。（紫色のゴム紐で作られている）

耳男の部屋は、ただ汚い、なにもない部屋。（白色もしくは桃色のゴム紐で作られている）

マナコの部屋に、マナコの子分の山賊たちが密かにやってきている。密かなわりにけたたましい。

マナコ　濡れ手で粟のぶったくり。

右カタメ　女に不自由なく。

シラコ　小づかいがもらえて。

マナコ　ヤクルトまで入った冷蔵庫。
右ウデ　敷金、礼金、きがねなし。
左カタメ　しかも、おかしらがいれば、どんなメシでも、おかしらつき。
マナコ　なんか、下北沢の食堂で、勘定の付け忘れでビール一本がタダになった日以来の幸福感だ。
シラコ　おかしらったら俗物ね——
右カタメ　この俗物！
右ウデ　それにしても、すげえところに越してきましたね。
マナコ　ほめちらかして食いちらかす、そのいけずうずうしさ、思い出のアルバムだ。
左カタメ　どんな？
マナコ　中野にある下宿の先輩を訪ねた日のスナップ写真。（自撮りカシャ）ワッハッハと。どれどれもう遅い時間だろ。（と、ニセモノのロレックスの腕時計を見る）おっ！
右カタメ　何時？
マナコ　酔ってる間に三年たった。（大笑い）
シラコ　でもおかしら、三年すぎてミロクはおろか、何ひとつ彫れていなかったなんてバレたら半殺しですぜ。

ピタッと沈黙。

マナコ　オレはいつも出だしは威勢いいんだが、のちのち臆病になるんだな。

左カタメ　ハハハ。
マナコ　ま、このマナコ様のマナコで彫ってみるか。
右ウデ　マナコで？
マナコ　見よう見真似よ。

マナコら、さっと隣室のオオアマの部屋をのぞく仕草。
すると紫色のゴム紐で、瞬く間にオオアマの部屋が出来上がる。
マナコらの覗く姿は、まるで「オオアマと早寝姫」という恋愛映画でも撮っているかのようだ。

第八場　オオアマの部屋を訪ねる早寝姫

早寝姫　いつぞやは。
オオアマ　いつぞやは。
早寝姫　眠り苔の上で失礼を。今日は、仕事ぶりを拝見に……という口実であなたのお顔を拝見にまいりました。
オオアマ　正直なお方。たくらみは口に出さないものですよ。
早寝姫　オオアマ様って、他のタクミとまったく違う。
オオアマ　他のタクミは？
早寝姫　キモイ汚い気味悪い。

オオアマ　ヒダのタクミはああいうヤカラ。
早寝姫　ああ、あたし、あの日、初めてのあなたとの出会いを、夢の中で過ごしたりして損した気分。
オオアマ　でも私こそ今、夢の中にでもいる心地。
早寝姫　え？　え？　え？
オオアマ　たった一目で恋するなんて、ロミオみたいな下品な真似、お許しください。
早寝姫　だったらあたしもジュリエットみたいな下品な真似をしてもいいかしら。

第九場　山賊マナコの部屋

右カタメ　やる。（銭をどんぶりの中に）
シラコ　やらない。（銭をどんぶりの中に）
右カタメ　やる。（銭をどんぶりの中に）
シラコ　やらない。（銭をどんぶりの中に）
右カタメ　やる。おかしら、あの二人は、今晩中にやりますかね。
マナコ　ロミジュリだったら、二十四時間以内にやるな。

言ったとたん、再び壁にはりつく山賊ら。

マナコ　壁に耳はりつけたこの感触も、思い出のアルバムだ。
左カタメ　どんな？
マナコ　高円寺の先輩の下宿の隣りに新婚のカップルが越してきた冬の晩、たてたき耳いてつかせ、暗い青春を思った。
左ウデ　どのように？
マナコ　なんてオレ達は俗物なんだ。
右ウデ　自分を惨めに思ったんですね。
マナコ　いや、この俗物根性こそ商売になる。
左カタメ　それで追いはぎを始めたんですか？
マナコ　だからオレは本質を剝ぎとらない。表層だけを剝ぎとるんだ。
シラコ　これでなかなか、こだわってるのよね。
マナコ　だが俗物とは、こだわりの人生ではない。フットワークの人生だ。
右カタメ　おかしら、やりそうだ。

フットワークよく壁にはりつく。

第十場　オオアマの部屋

早寝姫　（オオアマにぐっと接近している）あたし、どんなミロク様ができても、あなたのを一番いいっていうことに決めましたの。
オオアマ　どうして？
早寝姫　目に見える美しさには、目に見えない美しさが宿っている、ジュリエットのママもそう言ったわ。
オオアマ　私、そんなに見た目が美しいですか？
早寝姫　太陽は知らない。自分が光を放っていることを。
オオアマ　ではあなたは、その太陽が放つ光の中でこそ輝く青き地球。
早寝姫　きゃあ、もう、太陽に感謝だ!!
オオアマ　なぜ？
早寝姫　恋人たちのやり取りに、いつも太陽は欠かせない小道具だもの。
オオアマ　ああ！
早寝姫　どうしました。
オオアマ　あなたは日食をごぞんじありませんね。
早寝姫　日食？
オオアマ　太陽に欺かれたことがありませんね。
早寝姫　ええ一度も。
オオアマ　では今日はじめて、あなたは太陽に欺かれました。
早寝姫　どういうこと？
オオアマ　実は私は、ヒダタクミの名人ではありません。

鬼達が、オオアマの部屋に集まってくる。

エンマ　ヤローもヤローもヤローも三人とも名人じゃないんだ。
仕事の青鬼　オレは、こいつらより、いい仕事ができたのに。
仕事の赤鬼　そのお前よりもオレはいい仕事ができたのに。
早寝姫　タクミでもないものがなぜここへ？
オオアマ　この辺りには鬼達が出入りする鬼門があるといいます。
エンマ　（ギョッとして）今、物語の中に、俺達がでてこなかったか？
ハンニャ　ハンニャ、物語の中に社会復帰できるかもしれない。
仕事の赤鬼　なにみてるんだ、仕事の青鬼。
仕事の青鬼　国民年金手帳。
仕事の赤鬼　バカ、仕事ができるんだ。
早寝姫　その鬼の門とやらが、いかがいたしまして？
オオアマ　その辺りをちょいとさぐりに逆かくれんぼ。
早寝姫　逆かくれんぼ？
オオアマ　鬼がさがすのではなくて鬼をさがすのです。
早寝姫　では、その鬼の門のこと、お父様にうかがいましょう。
オオアマ　それには及びませぬ、早寝姫。
早寝姫　え！
オオアマ　その青き地球のエクボにかけて、太陽の黒点がうちあけます。

早寝姫　なんですの？
オオアマ　もうじき近江大津宮の都では、天智の大王《おおきみ》が崩御なされるでしょう。
早寝姫　崩御？
オオアマ　おっちんじゃいます。
早寝姫　ミカドが？
オオアマ　ミカドのなくなる時はクニもまた。
早寝姫　なくなるの？
オオアマ　いいえ、かえってクニの輪郭線がはっきりと浮かび上がるのです。
早寝姫　クニには形があるの？
オオアマ　はい。
早寝姫　クニって、どんな形をしているの？
オオアマ　そのことを知りたいんだもん。
早寝姫　その知りたいんだもんが鬼の門につながっているの？
オオアマ　そうだもん。つきましては太陽にお耳をお貸し下さい、ベアトリーチェ。
早寝姫　ベアトリーチェ？
オオアマ　とことわに変ることなき愛をこめて。
早寝姫　うふ。

二人去る。

マナコ　なんて、オレ達は俗物なんだろう。
右カタメ　惨めな気持ちになりますね。
マナコ　バカ、この俗物根性を商売にするんだ。
左カタメ　商売に？
マナコ　恋のもつれをのぞくつもりが、歴史のもつれを目撃することになるとはその時のマナコは知るよしもなかった。
シラコ　そんな大事《おおごと》でした？
マナコ　気分は今、裏窓のジェームス・スチュアート。
右ウデ　このかけ金、どうしましょう。
マナコ　そっくり、あの男に賭けてみよう。

マナコら、奥へ去り、ミロクを彫る素材を前に仕事をはじめる。金属音。
代ってヒダの王とアナマロとハシタメ、エナコ。

アナマロ　ただいま、三名人がうちのタクミが一人。先陣をきって仕事をはじめました。
王　誰が？
アナマロ　意外にもマナコです。
王　一心不乱に？
アナマロ　いえブツブツブツブツと。
王　念仏でも唱えておるか。

アナマロ　それが、俗ブツ俗ブツときこえるのです。
王　俗ブツめ、どんなミロクブツを彫ってくれるか。

去るかと思ったヒダの王、アナマロの着物に隠れる。そして、二人羽織。

第十一場　耳男の部屋で

アナマロ　王とヒメがお召しです。斧をもってついてらっしゃい。
耳男　斧を?
アナマロ　（隠れている王の手が金を握らせる）
耳男　これは斧じゃない、カネだ。
王の声　逃げて帰りなさい。
耳男　なんで?
アナマロ　さ、斧をもってついてらっしゃい。
耳男　でも今、カネを。
王の声　（さらにカネを）逃げて帰りなさい。
耳男　え?
アナマロ　さあ、斧をもって……
耳男　その猫の目のような豹変ぶりは、猫と豹とが同じ種族であるがゆえですか?

王　いや、狐の皮を借りた虎であったりして。
耳男　あ。（王の姿を認めてヒレフス）
王　斧をもってついてこいというのは、ヒダの王としてのコトバ、逃げて帰りなさいというのは夜長姫の父としてのコトバ、金を握らせたのは、企業人としての習性だったりなんかして。
耳男　いろいろと立場があって大変ですね。
王　だから立場のない君は早々に逃げて帰りなさい。
耳男　オレにも名人という立場が。
王　その立場は、ゆるがないほど根をはっているやつなのか？
耳男　あ、はい。
王　そのゆるがなさは、ゆるがなさの中でも、こんなにゆるがないゆるがなさは見たことないくらい、ゆるがない根っ子を持ったゆるがなさなんだな。
耳男　はい。ゆるがなさの王様です。
王　やむをえん……キングオブゆるがなさ！　斧をもってついて参れ！

第十二場　奥の間、裁きの場

夜長姫が、笑い声を立てながらエナコを引きずるように連れて来て、耳男の前に、そのエナコを投げ捨てる。

王をはじめ、ヒダの王家の者たちは厳粛な面持ちでそこにいる。

王　エナコに沙汰を申し伝えよ。

アナマロ　当家の女奴隷が、耳男の片耳をそぎおとしたときこえては、王家としてもヒダタクミ労働組合に申し訳がたたぬによって、エナコを死罪に処する。

耳男　え？

夜長姫　耳男、仇《あだ》をうけたのは、あなたなのだから。あなたの斧で首を討たせます。

耳男　はあ。

夜長姫　（嬉々として）耳男、うて〜！

耳男　御親切は耳のかさぶたにまで痛み入りますが、それには及びますまい。

夜長姫　どうして？

耳男　虫ケラに耳をかまれただけだと思えば腹もたちません。いえかえって、耳を失くして有難味を知ったほどです。

夜長姫　どのように？

耳男　片親をなくすと、もう片親を大切にしようという感じで、この片耳はとても大切に思っています。

夜長姫　そう悟ったのね。

耳男　はい!!

夜長姫　半分だけ。

耳男　いいえ、かなり。

夜長姫　だって、まだもう半分のこってるじゃない、悟りきれてないわよ。
耳男　いや、だから、半分切り取られたから悟ったわけで。
夜長姫　でも半分だけでしょ。
耳男　左耳で右耳を悟ったんで。
夜長姫　あなたは左目で右目を見られる？
耳男　いえそれは。
夜長姫　あたしは大好きな赤い靴を片方なくした時は、もう片方を捨てたわ。
耳男　オレは、びっこでもはきました。
夜長姫　もしかして耳男、エナコを討てないのは……
耳男　なんです。
夜長姫　エナコの死に首よりも、ホウビになるエナコの生き首のついた体が欲しいからではなくて。
耳男　そうとだけは思われたくない。
エナコ　と思っているのね、あの男。
耳男　まさか、あいつを欲しがっているとだけは思われたくない、というのを感づかれ……あ、悪いパターンだ。この延長上でオレの片耳は、きりとられたんだ。
エナコ　でもまさか、二度同じパターンを使うまいと思っているのね。
耳男　でもまさか二度同じパターンを使うまいと思っていることまで、感づかれたかな……あ泥沼だ、ヒメの前に出ると。
夜長姫　耳男、エナコから耳をきりおとされても、虫ケラにかまれたようだって、ほんと？

耳男　この虫も殺さないような笑顔で、何を思ってるんだ？
夜長姫　だったらエナコ、耳男のもう片耳もかんでおやり。
耳男　きっと他愛もない遊びだ。いまに『なあんちゃって』なんていうに決まってるんだ。
夜長姫　さあ、虫ケラの歯を貸してあげます。……なあんちゃって。（エナコに懐剣を渡す）なくなったお母様のかたみですけれど、耳男の耳をかんだ後では、あなたにあげます。……なあんちゃって。エナコ。
エナコ　はい。
夜長姫　耳なし芳一は、どこに経文を書き忘れたの？
エナコ　耳です。
耳男　オレもだ。
夜長姫　その耳を鬼が見るとね。
耳男　え？
夜長姫　まるで宙に耳だけが、浮いているようですって。
耳男　なあんちゃって……がない。

耳男がしまったと思った時は、もう遅い。エナコの手で、もう片耳が切り落とされる。

夜長姫　なあんちゃって。

と言って去る夜長姫。

一部始終を見ていたヒダの王家の人々のスローモーション。大声で叫んで、悲鳴などをあげている風だが、音だけはきこえない。その姿のまま去る。

両耳のない耳男一人残る。

耳男　目は口ほどにものを言うけれど、耳は無口なまでに、ものを言いません。目は物欲しげになりますが、耳には欲望がありません。耳は、なにものをも拒まずに、森羅万象ひきうけて痛く苦しくとも、じいっと、かたつむりの貝殻の中で動かずにいる……この静寂、このしじま……ああ、あの桜の森の満開の下です。そこでは思わず目を閉じたくなるけれど、耳まで閉じるわけにはいかない。まぶたはあっても耳ぶたはないから。いてえっ！　いてえ、いてえ、いてえよう……空だ、空がおちてくる。青い空がおちてくる。その総天然色の空におされながら、是が非でも押し返そうと、オレはのみをふるいはじめた。

遠くの高楼に、夜長姫とアナマロが現れて。

アナマロ　ただいまマナコにつづいて、耳男が仕事にとりかかりました。

夜長姫　蛇は満開？　それともまだ三分咲き。

アナマロ　蛇？　何のお話で？

夜長姫　耳男の小屋のまわりの草むらの蛇が絶える季節に、仕事も終わるはずよ。

アナマロ　何をおっしゃっているのです。

マネマロ　（走り込んでくる）耳男の小屋の天井に!!

アナマロ　どうなさいました。

マネマロ　吊るされた蛇の死骸が！

夜長姫　その蛇は満開？　それともまだ三分咲き。

アナマロ　ヒメの目には見えるのですね、遠いところが、遠い時間が。

耳男　ゴマの代りに松脂《まつやに》を燻《いぶ》し、土ふまずに火を当て焼いた。そして水を浴びてもひるんでしまいそうな夜には蛇をとり、ひっさいて生き血をしぼり、一息にあおって残る血を、作りかけの像にしたたらせた。押されてなるものか、血を吸え、そしてヒメの十六の正月に、イノチが宿って化け物になれ。

耳男の鑿を打つ音が高まっていく。
耳男が、きりとられた両耳のイタミに耐えながら仕事をつづけている、その夢うつつの中に、都よりの使者たちが、現われる。
耳男の仕事部屋の扉をたたく「ドンドンドンドンドン」という音。その使者たちは、耳男の夢の中に現れた鬼たちの姿である。

使者（ハンニャ）　近江大津宮は、天智天皇におかれまして御不予《ごふよ》の御事《おんこと》ときこえさせ給う。

耳男　うるせえなっ。

使者（エンマ）　御不例《ごふれい》にあらせられるミカドの重きを加え給う。

耳男　ふうん。

使者（赤鬼）　その御悩《ごのう》、重くならせられ給う。

耳男　つまり、なにがいいたい。

使者（青鬼）　病いの床にあるミカドのなくなる日も近いかと。

耳男　口のない死人になろうって話をしたところで所詮、オレには聞く耳がないよ。

使者（青鬼）　クニが、なくなろうという大事に、キク耳がないとは。

耳男　オレは、ふたつとも耳がなくなったんだぞ、クニがひとつなくなるからなんだってんだ。

使者（エンマ）　なにとぞ、これをお納め下さい。

耳男　なんだ、それ。

使者（赤鬼）　ただいま、都より届きました。ナマモノにつき、お早目にお召し上がり下さい。

耳男　産地直送か。

使者（青鬼）　都では、こののち嫁ぐ先のない王冠と呼ばれるものです。

使者（赤鬼）　この王冠、別なる皇子、オオトモノオオジに嫁ごうともいたしておりますが。

使者（ハンニヤ）（腹話術）やっぱり、オオアマノオオジがいいわ。

使者（赤鬼）　そう申しております。

耳男　そんなもん、どうやって使うんだ。

使者（青鬼）　それを知るが為に、王家の嫡流であるヒダのクンダリまで、でむいてきた皇子では、ございませぬか。

耳男　皇子？　どうもおかしい。

使者（ハンニヤ）　どうもおかしい。

耳男　お前達、でてくる夢の先をまちがえちゃいねえか。

使者（エンマ）　つまり、およびでないと。

耳男　うん。

使者（エンマ）　こらまた失礼いたしました。


夢の中の、都の使者ら去る。その夢と共に耳男去る。

夢の中に現れた王冠が桜の木にポツンとのこる。

この場面の間に、現れていた、早寝姫とオオアマの二人、突然、ふりむきざまに走り寄り抱きあう。

シルエットの中で長い抱擁。

ゴム紐を使い巨大なスクリーンができる。その中で、ラブストーリーの映画の一場面のように始まる。

早寝姫　誰かに見られるわ。
オオアマ　見られたって、いいじゃないか。
早寝姫　気高い心のあなたでさえ、好きになると、心の隙をつくるのね。
オオアマ　すまぬ、夜の新宿中央公園な心になりさがっていた。
早寝姫　いつも心は、朝の有栖川公園のような清らかさでいましょう。
オオアマ　けれど恋する者たちの公園は、奥に入ればどこでも同じ。
早寝姫　そんな心が、手近な町の公園で、ファーストキスをすましてしまうのね……はい。
オオアマ　なんです？

早寝姫　お約束の書物。
オオアマ　え？
早寝姫　ハウ・トゥー・かんけり。
オオアマ　かたじけない。
早寝姫　そんな本、欲しがって、かんけりが、おできにならないの？
オオアマ　ええ、大人になると、とても恥ずかしくてきけなくなってしまう常識ってあるじゃないですか。バスの回数券の買い方とか、横断歩道の渡り方とか。
早寝姫　横断歩道も渡れないの？
オオアマ　あれ、白いところを歩くんですか？　黒いところを歩くんですか？　ケンケンパ、と。
早寝姫　まるで王子様のように浮世離れなさってる。
オオアマ　ギョッ！
早寝姫　え？
オオアマ　で、もうひとつの書物は？
早寝姫　狭き門のこと？
オオアマ　それは、ドイツのニセ作。私のは、セマ・キモーン。
早寝姫　フランスの御本？
オオアマ　はい。
早寝姫　意味は？
オオアマ　それは私の鬼門です。セマ・キモーン。

早寝姫　鬼門？　あの、知りたいんだもーんのことね。

鬼たちが桜の木の裏から顔を出す。

ハンニャ　またでた、あたし達の話題。
エンマ　話題にはのぼるけれどなかなか中へ入れてもらえない。
ハンニャ　いつになったら、ひらくの、そのセマ・キモーン。
早寝姫　それはどんな内容の（せきばらい風に）御本？
オオアマ　多分、予告された殺人の記録です。孤独が百年ぶんつまっているような悪書です。
早寝姫　悪書は追放するに限ります。
オオアマ　同感です。
早寝姫　お父様から、ききだせばいいのね。その『セマ・キモーン』のありか。あれっ？
オオアマ　どうしました。
早寝姫　誰か、そこに。

マナコが姿を見せる。

マナコ　俗物のマナコほど、世間の裏がよく見える。
オオアマ　精が出るな、マナコ。
マナコ　精だろうが膿だろうが、出るものは、みな出す。それも俗物。

オオアマ　他になにがでるんだ。
マナコ　欲だ。
オオアマ　どんな?
マナコ　イクサと五回、言ってみな。
オオアマ　イクサイクサイクサイクサイクサイ。
マナコ　ほらね、イクサクササがたちこめてきた。
オオアマ　イクサクササ?
マナコ　ムホンてやつだよ。
オオアマ　なんのことです。
マナコ　都からこのヒダまで、ムホンのニオイをばらまいてきた当の御本人、大海人皇子《オオアマノ》でしょ。
早寝姫　ムホンをばらまく?
マナコ　俗物の俗世間では、鬼門と言えば北と東のまん中、丑寅《うしとら》の方角にあると相場が決まっている。
早寝姫　なにをおっしゃってるの?
マナコ　このヒダの王家は、近江の都からはまさしく丑寅の方角。ムホン人ならば必ず一度、その鬼の門に立ち寄り、くぐりぬけて鬼をひきつれ、そして都に攻め入るもの。
早寝姫　この方が鬼と一緒にムホンをもくろんでいるですって?
オオアマ　宵の明星が見えてきました。早寝姫、もう床につく時間です。
早寝姫　夢の中はどうせ嘘、だったら眠る前くらい、真実が知りたい。

マナコ　その真実ならば、ほらここに。

早寝姫　え？

マナコがかつて隣の部屋で録画した、早寝姫とオオアマの映像を再現する。実際は映像ではなくて、その場で演じる。

早寝姫　いつぞやは。

オオアマ　いつぞやは。

早寝姫　眠り苔の上で失礼を。今日は、仕事ぶりを拝見に……という口実であなたのお顔を拝見にまいりました。

オオアマ　正直なお方。たくらみは口に出さないものですよ。

マナコ　そう、たくらみは口に出さないものさ。

早寝姫　あの時あの美しいお顔がそうおっしゃった。

マナコ　そして美しい顔は、美しくない心を隠すためにあるのさ。

早寝姫　では、「狭き門」はただの（せきばらい風に）御本ではなくて、ムホンのことだったの。

オオアマ　ゴホン、いかにも私は天智天皇亡きあと、あくる壬申《じんしん》の年にクニをひっくりかえそうともくろむ叛徒の首領、オオアマノ皇子です。

マナコ　野郎共！　手のひらをかえすぞ。

その合図で、マナコの手下たちが走り込んでくる。
そして、マナコら刀を抜く。

マナコ　この刀をば。

オオアマ　何事だ。

マナコ　献上させてくださいませ。（態度は手のひらをかえしたように丁寧になる）

マナコの手下たち　へい。

オオアマのその前に、刀献上、されるのを見て。

オオアマ　ミロクを彫っていたのではないのか。

マナコ　俗物はこう考えました、ネクスト・ミカド。イクサにミロクなど役立ちません。代りにミロクつまり、サブロク十八万本の刀をつくり、ネクスト・ミカドに献上し、イクサに役立てていただき、ネクスト・ミカドからネクストがとれた勝利のあかつきに、ワレラ俗物共もそのあかつきの光のおこぼれにあずかりたく存じあげやがらあ。

オオアマ　あっそう。だが、もしも私が、そのあかつきを一人占めするというなら。

マナコ　かえした手のひらをもう一度かえすだけのこと。

オオアマ　もう一度かえす？

マナコ　（刀を献上する形の手のひらをかえし、刀を手に取り、大声で）ムホン人が、ここにいますよ――

オオアマ　しっ！

マナコ　ちくるだけのこと。

オオアマ　ではお前を下請け業者として雇おう。

マナコ　どんな下請けを。

オオアマ　ハウ・トゥー・狭き門。

早寝姫　恋は盲目のはずなのに、あなたの美しくない心が見えるのは、なぜ？

マナコ　とはいえ勝利のあかつきは、お前さんの部屋にもさしこむんだ。

オオアマ　たしかに、早寝姫、私が新しいクニをつくったあかつきに、必ずや父君からもことほぎいただき、その下《もと》に結ばれましょう。

早寝姫　どういうこと？

マナコ　こちらがミカドのあかつきに、あんたは皇后ーしき光というわけだ。

早寝姫　勝利のあかつきなんて興味がない。

オオアマ　どうして。

早寝姫　どうせ、あかつきは眠っているもの。

早寝姫去る。

オオアマ　待って下さい、ベアトリーチェ。私の永遠の少女。

オオアマノ皇子、追って去る。

マナコ　かえした手のひらに、うまくのった青い鳥、どこへ行った？
右カタメ　桜の森に迷いこみました。
マナコ　桜の下には、なにがあると思う？
左カタメ　屍体でしょ。
マナコ　それは詩人の桜の森。俗物たちの桜の森の下、そこにあるのは。
左ウデ　いったい何が？
マナコ　王冠だ。そいつが、このマナコ様にも見えてきた。

マナコとその手下ら、去る。

第十三場　耳男の部屋

仕事部屋で没頭し疲れ切って眠っている耳男。その耳にドンドンドンドンドン、ドンドンドンドンドンときこえてくる。

耳男　日本中の夢をおこすつもりか。
声　ドンドンドン。
耳男　うるせえっ。

声　私がいるうちにでておいで。

耳男　女中ふぜいが、なまいきな。

声　でてこないなら、でてくるようにしてさしあげましょう。

耳男　（びくっと起きて）この声の色は、きき覚えのある桜色。（火打ち石の音、やがて、枯れ柴の燃える音）ヒメだ！……あちいっ、あちいっ！

ほうほうの体《てい》で、部屋の火を消す耳男。ようやく消し終えたところへ、中へ入ってきて、部屋中を珍しそうに眺めまわす夜長姫。
見れば、天井から無数の蛇が吊るされている。

夜長姫　みんな蛇ね。

耳男　はい。

夜長姫　誰が思いついたの。

耳男　俺です。

夜長姫　火が、まわらなくて良かった。

耳男　優しさもあるんだ。

夜長姫　燃やしてしまうと、これを見ることができなかったのでしょう。ヒダのタクミの仕事場が、みんなこうなの？　それともお前の仕事場だけのこと？

耳男　たぶん、オレの小屋だけのことでしょう。

夜長姫　これで蛇は満開なの？

耳男　七分、八分というところです。ここぞ正念場と思って、のみをふるうと決まって、押し返されるんです。

夜長姫　なにに押し返されるの？

耳男　おちてきそうな青空にです。

夜長姫　その空の正体を見たい？

耳男　え？

空が降ってくる。
あっという間に甍《いらか》の上にいる夜長姫。

夜長姫　耳男！　甍の上へ、あがっておいで。

懸命に屋根に向かって上る耳男。
甍の上から手をさしのべる夜長姫。
安心して耳男、手をさしだすと、夜長姫、手をひっこめ、耳男おっこちる。

耳男　うわあっ！……ったく、虫ひとつ殺したことがない顔をしながら信じられない。

夜長姫　りんねを信じているからよ。

耳男　りんね？

夜長姫　だって、虫を殺したら、虫になってしまうのよ。

耳男　りんねって、そういうことですか？（再び、夜長姫の手で、落っことされる）うわあ！

夜長姫　そうよ。だから、貧乏人は金持ちを殺せばいいのよ。

耳男　金持ちを殺せば金持ちに生まれ変われるのか。

夜長姫　その通り。

耳男　息を殺すのはやめよう。来世は息になってしまう。

夜長姫　お父様を殺せば、次に生まれる時、あたしはヒダの女王になれるわ。

耳男　（再び、伸ばした夜長姫の手が引っ込められ、瓦からすべり落ち、地上へ落下寸前）虫ひとつ殺せない心には、虫ひとつ生かしちゃおかない心が巣喰っているんですね。

夜長姫　（耳男を助けず、じいっと見ている）いいえあたし、ただ、じいっと見ているのが好きなだけ。

耳男　なにを。

夜長姫　なんでもよ。なんでも見ていると、しまいに、なんでも見えてきて、そのうちなんでも見つけてしまうの。

耳男　どんなことを見つけるんだ？

夜長姫　暑い日にね、人を見ているの。みんな顰《しか》め面をして歩いている。けれど、突然、俄《にわ》か雨が降ると。

雷鳴轟き、雨が降り始める。幻想の雨。その幻想の俄か雨の中を耳男、夜長姫、走り回る。やっと二人、何とか雨やどりができる幻想の軒下を見つけ、そこに入る。

夜長姫　（偶然、軒下で出会った様子で）『いやまいりましたねえ、びっしょびしょっすよ、びしょびしょ、もうまったく……いやあ、まいった、まいった！』って言いながら、ニコニコして、雨やどりしているのが見えてくるの。

耳男　それで？

夜長姫　少しも、まいってはないのよ。だのに『いやあ、まいった、まいった、まいった、まいった』っていうの。

耳男　何故でしょう？

夜長姫　それで、あたし、見つけてしまうの。

耳男　なにを？

夜長姫　人は俄か雨とか戦争とか突然なものが、大好きだっていうこと。

耳男　雨やどりと防空壕は違いますよ。

夜長姫　でもきっとそこでは、人はときめいているの。そういうことってない？

耳男　オレもあります。

夜長姫　あるでしょ。わからないうちにときめいてることって。

耳男　ええ。

夜長姫　いつ？　どこで？　何時、何分、何秒？

耳男　うわっ。（と問い詰められ思わず瓦から、足がすべりそうになる）くそぉ、突然、幼な子から問いつめられたようで。

夜長姫　でも教えて……あなたは、どこでときめくの？

耳男　あぁ、オレの場合は、オレの場合は……ああ……いつも、桜の森の満開の下です。こわいのだけれどときめくんです。頭の上からバクダンでもおちてくる、そんなすさまじい音がきこえてくるようで。
夜長姫　それでいて、物音ひとつしないんでしょう?
耳男　ええ。
夜長姫　桜の森へ行ってみない?
耳男　今日、行ってもだめなんだ。
夜長姫　今日、行ってもだめなの。
耳男　約束があるからね。
夜長姫　どうして?
耳男　満開じゃないから、それに、ひとりでなくちゃだめなんだ。

耳男、ふっと背後に、何かを感じる。振り向く。そこには、ただ夜長姫がいるばかり、だが不安になって、自分の体をさわる耳男。

夜長姫　なにをしてるの?
耳男　いいいいてんけんしてるんです。
夜長姫　てんけん?
耳男　ヒメといると、いつ片腕がなくなっていても不思議ではないから……よし五体満足と。
夜長姫　こわいけれどもときめく?
耳男　ええ、まあ。
夜長姫　では、あたしと歩けば、どんな森も桜の森の満開の下ね。

夜長姫、甍よりとびおり。

夜長姫　なにが見える。
耳男　なにも。
夜長姫　目をこらしてごらんよ。
耳男　どこなんです？
夜長姫　見つけたものだけが遊べる、古代のゆーえんち。
耳男　遊園地？
夜長姫　いいえ、古代の所以《ゆえん》地。古《いにしえ》に所以《ゆえん》のある、わけありの遊園地。

耳男見えなくなり、代りに鬼たちが見えてくる。

夜長姫　見えていないと思って好き放題していたわね。
エンマ　やっぱりオレ達、見えてました？
夜長姫　ええ。
仕事の赤鬼　おつれさんは？
夜長姫　代りに見えなくなった。
ハンニャ　おのりになります？
夜長姫　なあにこれ。

仕事の赤鬼　ジェット酒舟石に、コーヒー車石。
夜長姫　なんとなく、わかるわ。
ハンニャ　これはフライング亀石。15センチ以下の小鬼はお断りです。
仕事の青鬼　そして古代においても今やレジェンド、巨人の星に住んでいた鬼のストライクです。

青鬼にボールをぶつける。赤鬼、ガー！

夜長姫　後世にのこりそうね。
エンマ　あそこに見えるのが、『プリキュア！　ヤマタノオロチをぶっつぶせ！』が演じられた石舞台です。
夜長姫　今にあんな石舞台が、なんの為に存在したの？　って言われるようになるわ。
ハンニャ　何の為でもありゃあしないのに！
夜長姫　え？
ハンニャ　ハンニャ思うの、ヨハン・ホイジンガーがかつて言い当てたように、本来「人間は遊ぶ動物」だったはずなの。それがいつしか、遊園地においてさえ、年間パスポートなんか買って経済効率を求めるほどに堕落したの。
仕事の青鬼　人間は遊ぶことが、うしろめたいんだ。
ハンニャ　バカね人間て。
仕事の赤鬼　バカだよ。

仕事の青鬼　バカだ！
エンマ　大バカヤローだ！
夜長姫　そう、人間なんかになりたくないのね。
鬼一同　（しょんぼり）なりたい。死ぬほどなりたい。

耳男、桜の木の下に現れて。

耳男　見ーつけた。
夜長姫　どうしたの、耳男。
耳男　なにも見えない古代の遊園地に、ただぽつねんと王冠だけが見える。
夜長姫　こんなものだけが見えるの？
耳男　桜の木の下に。
夜長姫　あなたも俗物ね。
耳男　え？
夜長姫　これは、古代で一番人気があった、俗物どもの遊び。
耳男　クニヅクリとあります。
夜長姫　王冠を倒してごらん。
耳男　これを？
夜長姫　スイッチが入るから。

遊園地的音楽。

メリーゴーランドのように、王冠のまわりをまわるカニたちが現われる。

そのカニに、夜長姫も耳男も鬼たちものる。カニの中に謎のカニがいる。マナコである。

謎のカニ　おう！
耳男　誰だお前！
謎のカニ　見ての通り。
耳男　いや、見るからにわからない。
謎のカニ　だから謎のカニです。
耳男　職業は？
謎のカニ　俗物。
夜長姫　早くそのカニにまたがって。
耳男　これ、クニヅクリじゃなくてカニヅクリだったんですか？
謎のカニ　出発するよ。
耳男　どこへ行くんだ？
謎のカニ　カニと一緒にクニのまん中へ。
耳男　クニのまん中？
謎のカニ　王冠のあるところです。さあ行こう。
他のカニたち　さあ行こう。
耳男　行こう行こうといいながら行かないのはなぜ？

謎のカニ　カニはいつも、あの王冠があるまん中へ行きたいなあと思うけれど、なぜか、俗物、こわくてまっすぐ行けない。
耳男　それで横歩きするのか。
謎のカニ　そうこうしているうちに、カニはクニを見ながら、クニに憧れ、クニを一周して、クニの輪郭線ができたのです。
耳男　クニヅクリというのは、カニのおかげなのか。
謎のカニ　カニのおかげです。
夜長姫　カニ、クニを見てヒニ、ネニ持つ夢。オニ、マニうけてムニシニました。
耳男　なんです。
夜長姫　眠る前にいつも、お父様からきかされたこのクニヅクリの遊び、退屈なので、そこまできくと、いつも、あたし眠っていたわ。

メリーゴーランドのまん中にふっとオオアマノ皇子、姿を見せる。ストップモーション。

謎のカニ　鬼、真に受けて、無に死にましたと。
オオアマ　それが『狭鬼門』なる書物にある言の葉か。
マナコ　カニには、なんのことやら、とんと。
オオアマ　どうやってきさだした、そのクニヅクリの神話を。
マナコ　夜長姫がひきずる長い夜を尾行して。
オオアマ　ヒエダのアレイ、これい。

ヒエダのアレイ　は！

オオアマ　しかと暗誦したか。

ヒエダのアレイ　はい。『カニ、クニを見て、ヒニ、ネニ持つ夢、オニ、マニうけて、ムニ、シニました』

オオアマ　『クニ、チニさかえるあけぼのに』そう書きたして、このクニヅクリの回転を速めよう！

激しく回りはじめるメリーゴーランド。

耳男　カニの速度が速まった。

オオアマ　まん中にクニの王冠。

マナコ　境界線にはカニがしがみつき。

鬼たち　クニの外にオニ、ふきとばされる。うわっ!!

大きな紙が一枚、桜の木の下を包み込む。そのことで、皆、メリーゴーランドの外に放り出される。夜長姫と耳男だけが、その桜の木の下に残る。

夜長姫　終わったわ。

耳男　え？

夜長姫　どんな感じだった、クニヅクリ。

耳男　ずいぶん乱暴なのりものでした

夜長姫　たいくつだわ。

耳男　なにをなさってるんで？

夜長姫　（愛らしい人形を二体その手に）願いをかけてるの。

耳男　願いを？

夜長姫　（突然、人形二体を顔からぶつけ合う）呪いともいうわ。丑寅という時刻のダイヤルと、丑寅の方向のダイヤルとを、ふたつ合わせると、いつでも願いごとが叶うの。

耳男　それもクニヅクリの遊びで？

夜長姫　これは、あたしが考え出した遊び。

耳男　どんな遊びで？

夜長姫　まず目をつぶって。

耳男　かくれんぼで？

夜長姫　今度、目をひらいたら、そこにあるものを、ただ見るの。そして見つけるの。

耳男　何を？

夜長姫　落ちてくる空の正体。

去る夜長姫、目をつぶったままで耳男、そこに鬼達が桜の木の下の王冠の周りへ。

エンマ　なんだ、このカンだったのか。

ハンニャ　そうよ。このカンよ。

仕事の青鬼　このカンを遠くへ蹴る、そんな遊びで、出直しがきくんだ。
仕事の赤鬼　カンがころがっている間は、クニとカニとオニの見分けがつかなくなる。
ハンニャ　再び、桜の木の下にこの王冠がおかれるまでの間に、クニの人になりすませば、いいのよ。
仕事の青鬼　つまり、鬼がカンを蹴る逆かんけりだ。
エンマ　蹴るぞ。
仕事の赤鬼　蹴りな。
耳男　（エンマがカンを蹴ろうとすると）もういいですか。
ハンニャ　逆かくれんぼがわりこんできた。
仕事の青鬼　まあだだよ。
エンマ　蹴るぞ。
仕事の赤鬼　早く。
耳男　（エンマが蹴ろうとすると）もういいですか。
仕事の青鬼　まあだだよ。
エンマ　蹴るぞ。
仕事の赤鬼　急いで。
耳男　もういいですか。
鬼達　もういいよ〜！

鬼達は、見えない綱を引く。すると、大きな紙がめくられて、その下から、桜の木の枝で首を吊っている早寝姫の姿が現れる。

鬼達、去る。

耳男、振り向くと、その首を吊っている早寝姫の姿を見つける。じいっと見る。そして腰を抜かす。

ヒダの王をはじめとして、ヒダの王家の人々、知らせを聞いて現れた瞬間となる。早寝姫の遺体をそこへ寝かせ、その死を悼む絵が作られていく。

現実の都よりの使者が現れている。

王　太陽が死んだ……ヒメからはいつも光の洪水が溢れだしていたのに。誰だ?
都よりの使者　都から参った使者です。
王　うん?
都よりの使者　天智十年十二月三日、丑寅の刻に近江大津宮にて天智天皇が崩御なさいました。
王　〝秋の田のかりほの庵《いお》の苫《とま》をあらみ我が衣手《ころもで》は露にぬれつつ〟ミカドがなくなり、このヒメが消えて、この世から、二つの太陽が消えた。
夜長姫　（桜の木の上に現れて）あ！　宵の明星だわ。（笑っている）
王　夜通しおきている月もいるというのに。
早寝姫の死を聞き、そこへ走りこんでくるオオアマノ皇子、早寝姫の遺体にたむけの花を一輪。

オオアマ　力を尽くしても、尽くしても、狭き門より入れなかったヒメに。

王　狭き門？

オオアマ　異国の物語です。愛したあまりに身をひき、恋に死んだ信者の物語です。

夜長姫　死んじまえ。

オオアマ　（怒り、ふつふつと）死んじまえとは、死者になんというムチうち。

夜長姫　いいえそんな話は、信じまいといっただけだわ。

オオアマ　なにゆえに。

夜長姫　ほんとに惚れたら生きることだわ。惚れて死ぬのは、人生がフツカヨイしています。

オオアマ　人生のあかつきも知らずに死んだ妹御を悼むどころか、フツカヨイとはなんだ！

夜長姫に叫びながら摑みかかる。周囲の人々、その手前でおさえる。おさえながら、オオアマの手に鑿をもたせ、そのふりまわす手の先に、木彫りが置かれる。次第にオオアマが、その怒りをぶつけるようにミロクを彫る姿に変っていく。その騒ぎをよそに、魂を失したようなヒダの王。

アナマロ　（王に）ヒダタクミ三名人のしんがり、オオアマがただいま、ミロクにとりかかり、三名打ち並び、憑《と》りつくように仕事をしております。

耳男、マナコ、二人も仕事場に現れ、懸命に鑿を振り下ろしながら。

マナコ　耳男。

耳男　え？

マナコ　太陽が一人で死ぬと思うか。

耳男　いや。

マナコ　スキャンダルが大好きな、このマナコにはこう見える。いつも夜通しおきている月の狂気が、太陽を殺した。

耳男　空だ！　空がおちてくる。この広くて青い空の正体……正体がわかった。夜長姫のあの笑顔だ。あの笑顔が、オレの耳をきりとり、オレの仕事部屋に火をかけ、そして今……あの綱を鬼にひかせたのは夜長姫だ！　オレのヒルミに気がついた。オレの鑿は、夜長姫の笑い顔におされているんだ。おされてなるものか、血を吸え、あのヒメを呪え、そしてヒメの十六の正月にイノチが宿って化け物になれ！

耳男、マナコ、オオアマ、三者三様の佳境に入った仕事ぶりが、三種類の打楽器にて表現される。

打楽器の音は次第に戦乱の音に近づいていく。

アナマロ　天智の大王《おおきみ》の御亡骸《おんなきがら》は殯《もがり》の宮にまつられて、太陽が死んだごとく、今や、クニはゆらぎ、モーローとしております。

王　モーローと。

アナマロ　はい。
王　その太陽を失ったクニの心が私にはよくわかる。
アナマロ　今こそクニは、ヒダの王家の指示をあおいでおります。おきき下さい。山の陵《みささぎ》の土もかわかぬうちに、この音、この不穏な音を。

叛徒に姿を変えた鬼たちが、オオアマの部屋の外に集い来る。

エンマ　オオアマノ皇子！　いまぞ兵を挙げる時かと存じます。
仕事の青鬼　しかるにきけば、恋に身をこがし、恋にうちひしがれたあげく、役にも立たぬミロクを彫っていらっしゃるとか。
ハンニャ　化かすはずのミロクに化かされたとか。
仕事の青鬼　オオアマノ皇子！
仕事の赤鬼　オオアマノ皇子！

さっと集まり、鬼に戻る。

エンマ　どう思う？
ハンニャ　だめだ。
仕事の青鬼　かんを蹴らずにミロクを彫っている。
仕事の赤鬼　かん違いだ。

エンマ　見捨てるか。
ハンニャ　あたし達だけで、かん蹴るの？
仕事の青鬼　いざ、蹴るとなるとな。
仕事の赤鬼　かんけりって、やたら蹴りたがるタイプと絶対に蹴らないタイプと二通りいたじゃん。
エンマ　やっぱり今、やたら蹴る位置にいるのはオオアマノ皇子だよな。
仕事の青鬼　オレ、も少し待つ。
仕事の赤鬼　オレ、見捨てる。
ハンニャ　あたし、ミステリアス。
エンマ　よし、ちょい待ちだ。

鬼たち、桜の木の裏へ走り込む。桜の木の反対側からマナコの手下らが走り出てくる。

マナコの手下ら　おかしら〜！
右カタメ　オオアマの奴、魂抜きとられている。
左カタメ　豪族達も、ねがえりをはじめた。
シラコ　とてもムホンなんざ、ムリでさ。
マナコ　よしっ！

マナコ、突如とんでもないところへ走って行く、そこで、一人で芝居をはじめる。

マナコ　へい、まちがいございません……鬼どもは、ムホンの準備万端、そのオオアマって野郎の合図を待ってる様子でさ。だから機先を制して……いえ、それがそのオオアマ、やる気をなくしていて足並みも乱れて。やっちまうなら今でさ。あっしが？　めっそうもない。あっしは、カニ食わぬ顔をしてカニを食う男で。ムホンの方に加わろうなどとは、これっぽちも考えたことはございません。卑しい出ですが、このクニへの忠誠心は誰にも負けません。そのしるしにこのカニ缶とどうぞ、この刀を九万本、この暮れのごあいさつに。ムホンが起ったあかつきには、これでオオアマの野郎だろうが、バッタバッタとムホン人達を叩っ殺して下せえまし。え？……オレを鬼征伐の大将に?!

マナコ、走って戻ってくる。

右カタメ　お頭、どこへ行ってきたんで？
マナコ　都によ。
左ウデ　フットワークいいな。
マナコ　カニは、クニから鬼征伐の大将に命ぜられた。
左カタメ　お頭！　都に手のひらをかえしたのですか？
マナコ　右の手のひらだけよ。
右カタメ　では左の手のひらはまだオオアマノ皇子に？
マナコ　てんびんにかけてるんだ、十七万九九九八……十七万九九九九……十八万本と。

王とアナマロ、高楼に現れて。

アナマロ　この秋の終りに、まず先陣をきり、ヒダタクミのうち一名がミロクを彫りおえました。

王　誰が？

アナマロ　意外にも俗物マナコがです。

エンマ　オオアマノ皇子！　チョイ待ちのこれが最後のチョイスです。

仕事の赤鬼　今や鬼門は、もう目の前！

仕事の青鬼　あとは、皇子が鬼門をくぐり。

エンマ　鬼ひきつれて参れば、一気呵成！

オオアマ　お前達は、人に欺かれたことがあるか。

ハンニャ　まだ早寝姫のことを。

オオアマ　欺かれたことがあるか！

エンマ　鬼に化け人を欺くことはありましても。

仕事の赤鬼　欺かれたことは一度も。

オオアマ　では、今、はじめて、欺かれた。

仕事の赤鬼　どういうことで？

オオアマ　あの綱を、おまえたち鬼にひかせたのは夜長姫ではない。このオレだ。

仕事の青鬼　まさか。

オオアマ　ヒダの太陽を殺して、ヒダの王の魂をぬきとったのだ。だからオレのミロクには、見ろ、代りにヒダの魂が入っている。これで王は、オレに心を許す。

仕事の赤鬼　恋にとりつくトリツクを使ったのですか？

オオアマ　身分を欺き、早寝姫を欺き、目に見えぬ鬼までも欺き、オレはムホンの心を守りぬいてきたのだ。オレのミロクはクニを彫ることだったんだ！

　　アナマロが王のところへ。

アナマロ　マナコにつづき、ただいま、ヒダタクミ、オオアマが仕事を終えました。

王　のこるは耳男。

アナマロ　師走というのに。

マネマロ　耳男急げ！

アナマロ　耳男の耳には、もはや何も入っておりませぬ。

王　師走ものこすところあと十日。

アナマロ　と思っているうちにもう七日。

マネマロ　といってるうちにもう三日。

王　と思っていたら除夜の鐘が聞こえてきた。

アナマロ　夜長姫の、十六の正月があけます！

　　除夜の鐘のゴーン！の「ン！」の字のところで。

耳男　できた！

除夜の鐘が鳴り終える。

第十四場　ヒメの十六の正月

ヒダの王の御前。

耳男、マナコ（に化けた右カタメ）、オオアマの三者、ヒダの王の前へ進み出る。

それぞれ作り上げたミロクが、その三人の前に置かれている。

だがそれらのミロクには、布がかぶせられており、姿はまだ見えない。

鬼達も桜の木の上から、この正月の景色を、「鬼門が開くのは、いつかいつか」と待っている。

王　太陽がふたつ死んだ正月の、日の光はなんだか重たい。

アナマロ　それでも新年のゴアイサツを。

王　未来は、夢とキビョーで一杯だ。

アナマロ　未来に奇病をばらまかれたりして。

王　だから今のうちに鯨を食べてイルカをいじめよう。どうせ踏んだり蹴ったりの未来だもの。

マネマロ　すっかりやけだったりして。
アナマロ　そのやけになった王と、波長があうのは、夜長姫だけだったりして。
夜長姫　（遠くより走り出てくる）お父様あああ！　あたしの初夢は、人間のてんぷら。
王　そうかそうか。
アナマロ　マナコ！　（右カタメに気づいて）マナコではなかったりして、マナコはいずこ？
右カタメ　徹夜で眠いと。
夜長姫　（被せてあったマナコのミロクの布をとる）……マナコのミロクは、笑顔の裏に刀でもかくれていそうなミロクね。よく見せて。
右カタメ　は！……いかがで？

マナコのミロクの顔が見える。何の変哲もないミロク。

夜長姫　つまらないミロク。
王　ミロクがなかったりして。
夜長姫　（オオアマのミロクの布をとり）まあ、お父様、このミロク。

くるりとミロクの顔を見せると、それは早寝姫にそっくり。感動している王。

王　お〜！　早寝姫だ。いいな、いいな、エッチだな。
オオアマ　お許し下さい。

王　誰のことを。
オオアマ　いえ、王の心をです。
王　うむ、こころゆるすぞ。
オオアマ　では、ひらいていただけますね。
鬼達　鬼門がひらくぞ！
オオアマ　いえ、王の心をです。
王　うむ、こころひらくぞ。
夜長姫　まるで、お父様とお話しせず、目に見えないものに目くばせしているみたい。
王　（すっかり気に入って）わしは、こころゆるし、こころひらくぞ。
夜長姫　けれど心ここにあらぬミロクだわ。さあ！　耳男のミロクをお見せ。

耳男のミロクには可憐で愛らしい布がかぶせられている。耳男、その場に立ち上がり、意を決して、その布を取ってみせる。

そこにいる人々、そのミロクを見て、コトバもでないほどギョッとする。

対照的に鬼達は声を出さずに大笑いをしている。

客の目には、ミロクの背中しかまだ見えない。

アナマロ　なんなのこれは！
耳男　他のタクミは知らねえが、三年《みとせ》前、ここでヒメに会った時、オレは決めた。
アナマロ　これが、頼んだミロクか！

耳男　ヒメの気に入るような仏像を造る気などハナからない。うすぎたねえ化け物を造るために精魂をかたむけてやるとカクゴを決めたんだ!!

間。息が詰まるような長い沈黙。

夜長姫、じいっと耳男を見ている。

夜長姫　珍しいミロクの像をありがとう。

耳男　へえ?

夜長姫　他の二つに比べて、百層倍も千層倍も気に入りました。

耳男　この笑顔を見たことがある。耳をきる前、火をかける前、妹とさよならする前……殺される。今度はオレが殺される。

オオアマ　うん。

耳男　うんって、大丈夫だ、思いすごしだとか言ってくれ。

オオアマ　いや、殺されるな。

耳男　よりによってオレはとんでもないことをしちまった。

オオアマ　なんでこんなものを彫っちまったんだ?

耳男　あの笑顔だ。まことに恐ろしいのはあの笑顔だ。殺されるなら今生の思い出にオレは、あの笑顔を刻みたい。ヒメ様!

夜長姫　なあに。

耳男　今生のお願いがございます。

夜長姫　こんなにステキなミロク、みたことがなくてよ。

耳男　こんな化け物ではなくおヒメ様のお顔を刻ませて下さいませ。それを刻み残せば、あとはいつ死のうとも悔いはございません。

夜長姫　私がそれを頼むつもりでした。

耳男　え？

王　皮肉の作だが、彫りの気魄《きはく》、凡作の手ではない。ことのほかヒメが気に入ってる、ゆえに約束のホウビ、エナコをお前に。

耳男　いえ、それぱっかりは。

王　やろうにも、お礼の奴隷の綺麗なエナコはすでに死んでしまった。

夜長姫　耳男の耳を切り落とした懐剣でノドをついたのよ。その血に染まったエナコの着物は、いま、その足下に敷いてあるそれ。

右カタメ　ひえーっ！（恐ろしさのあまり、その場を逃げ去る）

耳男　今更そんなことでは、もう驚かねえや。

エンマ　（夜長姫にだけ聞こえる）して、ヒメ様、このバケモノ像はいかにいたしましょう。

耳男が作ったバケモノ像を運ばんと、鬼が、その像に張りつく。

夜長姫　無数の蛇を裂き殺して逆さ吊りにして生き血をあびながら呪いをこめて刻んだバケモノ、なにかのまじないくらいになるわ。他にとりえもないバケモノは？

耳男　ヒメ様、ダレと？

エンマ　どこに飾ります。
夜長姫　門の外へ向けて。
耳男　ダレと話をしているので？
ハンニャ　いずこの方角？
夜長姫　丑寅の。
仕事の青鬼　いかなる門に。
夜長姫　力を尽くして狭き門より入れ！

はじめて、耳男のバケモノの彫像、こちらをむく。その顔は、すさまじい鬼の顔。
門の上に飾られ、鬼門が完成する。
鬼門は、鳥居のように巨大な姿に変っていく。そして激しい音をたてて、鬼門が開き始める。

仕事の赤鬼　鬼門がひらくぞ！

鬼たち、どっとばかり鬼門を通り入りこんでくる。
オオアマノ皇子、その時を待っていたとばかりに。

オオアマ　いまだ、翼をつけた虎が野に放たれた！　壬申元年、オオアマノ皇子、近江大津宮の朝廷にむかい、弓をひく、もとい、カンを蹴る！

鬼門の下に置かれていたカンをオオアマが蹴る。

オオアマ　蹴ったからには、この丑寅はトブ馬の、ヒダより都までオニのカクラン、その隙に。

エンマ　あの王冠が、また再び、桜の木の下におさまるまで。

ハンニャ　人になりすませ！

オオアマ　さあ、マナコより献上された、あのミロクに隠されたミロク十八万本の刀を、この手に。

オオアマは、ミロクの中に隠しもった刀を次々と鬼に手渡すが、何人目かの鬼には刀が渡らない。

仕事の青鬼　刀が足りない。

オオアマ　のこりの九万本はどうした。

一旦、鬼門をくぐりぬけた鬼が、押し返される。

エンマ　（鬼門を走り戻ってきて）敵も同じ刀を使っております。

オオアマ　マナコめ！　手のひらをかえしたか。手のひらをかえしてくれた借りは、手のひらでかえすぞ！

オオアマ、鬼らを引き連れ鬼門をくぐり戦いの場へ。
代って夜長姫、その鬼門の上に現れて耳男に。

耳男　オレのこの化け物がなにを引きよせているんです？
夜長姫　甍の上から眺めるの。
耳男　イクサをですか？
夜長姫　ほら、キリキリ舞いして、人が死んでる。
耳男　危ない！　矢がとんでまいります。
夜長姫　（矢がパン、パン、パンとんでくる）平気よ、（耳男が彫ったバケモノ像にまたがり）この化け物が鬼をも、イクサをもにらみかえしているもの。

鬼門をくぐって、再び戻って来るオオアマノ皇子と鬼達。

エンマ　都の刀も九万本。
仕事の青鬼　ムホンの刀も九万本。
仕事の赤鬼　イクサ、長びきましょうか？
オオアマ　オオアマノ皇子の壬申の乱における勝利は、すでに狭鬼門の夢とキビョーとしるされている。
仕事の赤鬼　では勝ちは、はなから。
オオアマ　クニと自由を手に入れるのは、たやすいもの。問題は。

仕事の赤鬼　なんです？
オオアマ　手に入れたクニと自由をどうするかだ。
ハンニャ　と、アンドレ・ジイドは言っている。
エンマ　そのクニと自由はどこに？
オオアマ　セマ・キモーンをくぐりぬけた先だ!!

ふたたび、鬼門をくぐり、遠く向うへと走りぬけていく、オオアマと鬼たち。
同時に巨大な桜の木が、鬼門と呼ばれた鳥居の向こうで反転する。
反転した巨大な桜の木は、巨大な大仏に姿を変える。

第二幕

第一場　壬申の乱が明けて

新しい都の景色。

巨大な鳥居の向こうに、巨大な大仏の姿が見える。ただし、大仏は首から下が見えているが、顔が見えない。

新しいクニの都で暮らす人々が、鳥居をくぐり、その作りかけの大仏を拝んだり大仏にお供えをしたりしている。

その中に紛れて、イクサをしていた鬼達が、すずしそうな顔をして人となり、皆いい格好をしている。

表参道の風が吹いている。

エンマ転じてエンマロ　（アカマロを見つけて）どうも、どうも。
仕事の赤鬼転じてアカマロ　どうも、どうも。

仕事の青鬼転じてアオマロ　（エンマロとアカマロを見つけて）え？　あ、どうもどうも。
アカマロ　（名刺を出して）あ、どうも、私、こういうものです。
エンマロ　あ、え？（名刺を出して）どうもおくれまして、私、こういうもので。
アカマロ　（カタガキを見て勝ち誇って）ほー、私、今、そういう風になっておりまして。
エンマロ　へー、こんなにごりっぱに、いやどうも。
アカマロ　いや、別だんどうも。
アオマロ　（エンマロに名刺をいただけませんか、という気持ち）ところで、あのう、さいきんはなんだかどうも（ハンニャロを見つけて）あっ！　どうも、どうも!!
ハンニャ転じてハンニャロ　いやあ、どうも。
エンマロ　いや、さっそくどうも。（名刺を出して）これを。
ハンニャロ　え？　あ、これはどうもどうも。（名刺を出して）どうも。

名刺のカタガキをちらと見て、勝負している。

ハンニャロ　名刺って、カタガキを見てカチマケ決めて一杯集めて、ポケモンカードとそんなに変わらなかったりして。
エンマロ　（ハンニャロの名刺を見て）うわあ、あなた大納言なんかになられたりして。
アカマロ　しかもナスターシャというファーストネームに変えられたりして。
アオマロ　（ハンニャロの名刺を読んで）ナスターシャ・大納言ハンニャロ・ワカリコナイッコビッチ。

　そこへ、マナコが桃太郎を引き連れて威勢よく登場、エンマロらは、ひるんですり足で右往左往する。

ハンニャロ　なにごとでしょう。
マナコ　オレはだんだん臆病になるんだ。威勢のいいうちに、でてきやがれ、そこだ！（刀を振りかざす）
アオマロ・アカマロ　ひえー！
マナコ　（すり足をみて）なんだ、その歩き方。
エンマロ　（すり足）足が地についたくらしをはじめていたりして。
桃太郎　それにしても穏やかです。
マナコ　そんなはずはない……つかぬことをうかがいますが。
エンマロ　はい？
マナコ　ここいらに、オニがでましたか？
アオマロ　オニ？
桃太郎　なんでも、オニが、カクラン、サクラン、タクランで、ハンランを起こしたとか。
アオマロ　ダレ、あんた？
桃太郎　桃太郎です。
マナコ　オレが都で鬼征伐大将軍に任ぜられたゆえ、都から桃太郎を連れてきたんだ。
桃太郎　きびだんごをありがとう。

ハンニャロ　都って、どこの都？
マナコ　近江のミヤコよ。
アカマロ　オーミー？　オーミーは、モンゴル人でも都はるみよ。
マナコ　なにいってんだ。
ハンニャロ　だからすでに都はここです。
マナコ　ここが都だ？
エンマロ　あっ！　この男、カニだ。
マナコ　あっ！　こいつら、鬼だ。
桃太郎　（間に入って）両者ともおちついて。きびだんごをあげるから。
エンマロ　桃太郎さんよく見て下さい。この立札。（お尋ね者の立札を見ると、マナコの似顔絵）
アオマロ　おたずねガニだ！　おたずねガニですぞ！
マナコ　オレのマナコは歴史の裏窓。お前らは鬼の子孫だ。かぶった烏帽子の下に角が見えてらあ！
エンマロ・アオマロ　おたずねガニがいましたぞ！

追手の警護役人と野次馬が集まってくる。逃げざるをえない、マナコ。
アカマロとハンニャロのこる。
野次馬の中で、耳男が立札を読んでいる。

耳男　このおたずねガニは、どんな罪を犯したんです？

ハンニャロ　三日くらい貼り続けているバンドエイドな罪だそうです。
耳男　ああ、こっちについてたはずがいつしか、こっちについてる。
ハンニャロ　どっちつかずな罪です。
耳男　どんな罰をうけるんです？
アカマロ　おたずねガニは、カニよりナニになりさがる。
耳男　ナニ？

お供えをしている人間が耳男に気づき。

クニの人1　耳男名人だぞ！
クニの人2　セレブがいるぞ！
クニの人3　こっち向いて笑って下さい。（カシャッと火打ち石をうつ）
耳男　（笑う）
クニの人4　こっちもお願いします。
クニの人5　あの、こちらもお願いします。
アカマロ　誰だ？
ハンニャロ　名人の上に有がつく人。
アカマロ　前世で、見たことがある。
ハンニャロ　なんでも、鬼を退治したとかさ。
アカマロ　嘘をつけ、オレたちゃ退治されてねえ。

ハンニャロ　しっ！　今の世では、あたしたちもはや鬼じゃないの。
アカマロ　じゃ、鬼って誰のこと？
クニの人1　あのバケモノ人気で、お供え物の山ですが。
耳男　モデルとお供え物には手をつけません。
クニの人2　本当ですか？
耳男　ただの方便。
クニの人3　あのバケモノがイクサと鬼をにらみかえしたという噂は？
耳男　それは詭弁。
クニの人2　では名人、あのバケモノ像を彫った時は、どんな心で？
耳男　それは、勘弁。
クニの人4　どちらへ？
耳男　ほんの大便。
耳男のマネージャー　名人は時間がありませんので手短かに。
クニの人1　改めて日本ホリモノ大賞受賞おめでとうございます。
クニの人2　さいごに今の心境を。
耳男　夢のようです。

全員、瞬く間に去る。耳男ゴロンとそこに寝る。

耳男　夢だったのか、夢の中で夢じゃないかなとうすうす気づきながら、結局夢だった時ほど、つくづく夢だったんだなあって思い知らされることはない。

アカマロ　夢ではなかったりして、耳男。

耳男　え？

ハンニャロ　そのオニをもにらみかえす腕をみこんで、願いごとがあったりして。

耳男　誰の願いだ。

アカマロ　新しきミカドの願い。

耳男　え？

第二場　オオアマ、新しきミカドとなる

大仏の胸のあたりの扉が開き、新しきミカド、オオアマが現れる。エンマロとアオマロ、長い棒を、ゆっくりとふりまわしつつ現れる。頭上で振り回されるその長い棒ゆえに、人々は、自然と頭を下げざるをえなくなる。

エンマロ　大王《おおきみ》は神にしませば赤駒の腹這う田居《たい》を都となしつ。

アオマロ　大王は神にしませば水鳥のすだく水沼《みぬま》を都となしつ。

耳男　よー、オオアマ。

アオマロ　頭が高い。（と長ーい棒をふる）

ハンニャロ　いまは、天武の大王にあらせられる。

袖より声　そちらへカニが！

マナコ、とびこんでくる。

天武　お前はクニにもオニにも九万本ずつ。（刀をむける）

アカマロ　クニ十八万本の刀をむけたカニだ。（刀をむける）

マナコ　（両方からの刀に、つま先立ちとなり、横歩きするしかない）たしカニ。

耳男　オオアマは神にまつられ、オレは名人とうたわれ、カニは罪人に問われて、同窓生の末路を見る思いだ。

天武　同窓生にマドンナはつきもの。

耳男　マドンナ？

天武　夢見がちに、外を見ていた窓ぎわのマドンナ。

まだ完成していない大仏の胸のあたりの窓から、夜長姫が顔を見せる。

耳男　ヒメ、なぜそこに。

夜長姫　食うねるところに、住むところ。

天武　わがキサキよ。

耳男　しかし、そこは。

夜長姫　あたしの窓だもの。

耳男 でも、その窓はもはやヒダの王家の窓ではありません。
天武 ヒダ？

そこにいる者、皆、「ヒダヒダ」とひそひそ話をする。

耳男 なにをヒダヒダ話を。
天武 このクニにもはやヒダと名のつく所はない。
マナコ でもここが、飛ぶ馬の国、ヒダだ。
ハンニャロ 馬がとびます？
天武 とぶのは鳥、ここはとぶ鳥の国、飛鳥《あすか》です。「あすかきよみはらのみや」だったりして。
マナコ ではヒダはどこにいっちゃったの？
天武 ほれっ。（バサッと一冊の本を見せる）
マナコ これはあの由緒正しき『狭鬼門』。
天武 今は、『日本書紀』と呼んでいたりして。
耳男 ヒダのクニが消えている。
マナコ 書き換えたな。（立ちあがろうとすると頭の上で棒がビューン）
天武 時間の重みにひき殺されてこそレキシ。稗田阿礼、これい。
ヒエダのアレイ （天武の傍らで暗誦）カニ、クニを見て、ヒニ、ネニ持つ夢、鬼、真にうけて、無に死にました。
天武 鬼も歴史にひき殺されたりして。

耳男　でも、みなさん狭き門の外から入ってきた鬼……
アオマロ　（長い棒をふる）誰も外からは入ってなどこない。
天武　ほれっ。（と書物を投げる）
マナコ　これはあの由緒正しき『ハウ・トゥー・かんけり』。
天武　今は『古事記』と呼んでいたりして。
ハンニャロ　皆な天から降りてきました。
耳男　でも外からカンを蹴りに来たくせに。
エンマロ　もはやここに、内と外はない！　上か下だ。わかるな、天か地だ！
耳男　（棒に脅えて）身をもって。
天武　その上に顔を出したいか？　名人。
耳男　名人？　いいひびきだ。
天武　そのまま地面をなめていたいのか？　凡人。
耳男　できれば上に。
天武　そうだろう。

耳男の上の長い棒がとりのぞかれる。
マナコはあいかわらず棒の下。

マナコ　あ、耳男、ひきょうもの。
耳男　オレを、ひきょうとよべる手のひらか！

エンマロ　このカニは、いかが処します。

天武　追放だ！

マナコ　渡りに舟。

天武　え？

マナコ　三途の川にも六道銭をかせぐ、だつえババアがいるって話よ、カニ。サル。

マナコ、天武の役人らに連れ去られる。

天武　ほれ名人。

耳男　へ？

天武　ヒメの顔をホレ、この大ミロクの大仏の顔として彫れ！

耳男　あの上にヒメの笑顔を。

アオマロ　おかしくない！（長い棒をふる）

耳男　いえ、かねてよりヒメの笑顔を刻みたいと。

夜長姫　あたしいやだわ、あんなに顔が大きくなるの。

天武　仏像は、顔の大きさこそ、信仰の大きさだ。

耳男　信仰？　なにを信じているんだ？

夜長姫　お前の彫ったバケモノ像が、イクサと鬼をにらみかえした。その力は、尊い神があたしの生き身に宿っていたからだと、お供えの山。

天武　ヒメこそ神の化身だ。

耳男と夜長姫を除いて、ストップモーション。

夜長姫　……というのはただの方便。
耳男　では、このお供えはなにを信じて？
夜長姫　ここは信仰心のゴミ捨て場。いいこと、この化け物、イクサをにらみかえしたどころか、鬼の門をひらいて鬼を導き入れたのよ。
耳男　とんでもないやつだ。
夜長姫　すてきだったわ。
耳男　え？
夜長姫　私は、毎日、イクサの間、甍の上からそれを見ながら雨やどりのエールを送っていたわ。
耳男　『いやあ、まいった、まいった』といいながらイクサを見ていたのですか？
夜長姫　けれども、お前が甍にあがって見てもお前には『いやあ、まいった、まいった』は見えなかったでしょう。このバケモノを仕上げた時から、お前の目には『いやあ、まいった、まいった』が見えなくなってしまったから。これからつくる大きなミロクは、おばあさんのリューマチを和らげる力もない。ツムラ日本の名湯、登別の湯の素以下よ。
耳男　そいつは逆だ。
夜長姫　逆？
耳男　そのバケモノこそ、海のエッセンス入浴剤フローラ・オー・ド・メール以下。これからつくる大仏さまには、オレの野心がのりうつる。ただ。

夜長姫　ただ、なんなの？

耳男　そのヒメの笑顔がオレの野心から自信をはぎとる。

ストップモーションが解け、夜長姫と耳男の時間が消え、夜長姫だけがその場から去っている。

天武　この大ミロク像が、完成したあかつきには名人、おれいにどれいを。

耳男　いえ、それぱっかりは……ギョ！（見ればエナコがいる）

天武　エナコのムスメで、ヘンナコだ。年は？

ヘンナコ　みっちゅ。

天武　ほうびは、このヘンナコと失くした耳だ。

耳男　失くした耳を？

天武　そこからお前を名人と呼ぶ、カニガニの声がきこえてくる。

耳男　失くした耳から名人と呼ぶ声が。

耳男、天武ら去る。

エンマロ、アオマロが二人、棒をもったまま残る。

エンマロ　（小声で）アオマロ。

アオマロ　なんだ。
エンマロ　俺はほんとうにあんなこと言いたくなかったんだ。
アオマロ　あんなこと？
エンマロ　もはやここに、内と外はない！　上か下だ。わかるな、天か地だ！　という脅し文。
アオマロ　うん、あんたそんな人柄というか鬼柄じゃなかったのにね。
エンマロ　だから大きい声じゃ言えないけれどオレは鬼だったころの方がなつかしい。
アオマロ　実はオレもだ、エンマロ。あの頃の俺たちは輝いていた！　それがさあ。
エンマロ　今は緊張感がないっていうか、棒が重たいっていうか。

ハンニャロ、アカマロ、天武天皇と共に現れて。

ハンニャロ　そうエンマロ達がヒダヒダ話をするのをききつけました。
アカマロ　こいつら、いかがいたしましょう。
天武　マナコもろとも追放せよ。

ハンニャロ、アカマロの手で、エンマロとアオマロが、棒の下に突き落とされる。そこへ、マナコも連れてこられ、入れられる。
そこは、さながら牢獄である。

マナコ　なぜ門の外へ追放しねえんだ！
天武　なんのさわぎだ。
マナコ　追放するなら門の外へ出せ。
アカマロ　外へ出てどうする？
天武　鬼にでもなって帰ってこようと思ったか。
マナコ　え？
天武　なぜに、そんなにお前達、鬼になりたがる。
マナコ　やっぱり、鬼ごっこは、鬼が楽しいもんなあ。
天武　クニヅクリは、ガキの遊びではない。私は、鬼を愛するよりは、クニを愛する。クニと正しきカニにのみ幸いあれ。
マナコ　では、この新しきクニには？
天武　オニをつくらない。
マナコ　けれども、鬼が出入りする、あの丑寅の方角は消せねえよ。
天武　丑寅の門を閉鎖する。ダレも外へ出すべからず。
マナコ　それでは追放ってえのはなによ。
天武　国内追放だ。すなわち監獄の誕生だ。だれひとり、オニにせず、誰にもカンは蹴らせない。
ハンニャロ　では、あの王冠は永久《とこしえ》に桜の木の下。
アカマロ　オニでもカニでもなくなった。こいつらは、ナニですね。
天武　ナニだ。

ハンニャロ　オニは外、クニは内、けれどナニはいずこに？
天武　このクニヅクリの深謀遠慮の棒のリクツがわからないナニどもは、リクツの下に入ったりして。

第三場　落日のヒダの王家

その深謀遠慮の棒がふられると、マナコ、エンマロ、アオマロ、皆その下へ。その中には、ヒダの王と王家の者達も混じっている。そこはさながら監獄である。

マナコ　かつてのヒダの王が……
王　はい。こんなところでビンボーしています。（少し棒で踊る）あ、これはリンボーだ。
エンマロ　ともあれお元気そうで、なによりです。
王　どこにでも私が住めば、そこが都になる。王が住めば都、それが王の特権、王のゆとりです。で、今、誰が鬼？
アオマロ　誰が、というと？
王　かんけり。早くまた、ダレかが蹴ってくれないと腰がいたかったりして。
アオマロ　かんけりはもう終わってますよ。
王　じゃ帰ろう。（と立ち上がると、ビューンと、長い棒が頭上で振りまわされる）
エンマロ　危ない！

アオマロ　エンマサマが人助けを。

王　（楽しんで頭を上げる。ビューンととんでくる。頭をひっこめる）別の遊びに変わっていたりして。

マナコ　事の重大さがのみこめているのだろうか。

王　で、どんなルール、これ。

マナコ　まず、この深謀遠慮の棒の下で辛抱する。春が来て夏が来て秋が来て冬がすぎ、また春がくる。それでも辛抱する。そうするうちに、夏が来て、秋が来て、冬が来て、そして春が来ても辛抱する、やがて夏が来て……

アオマロ　王、眠っちゃった。

王　はっ！（目ざめて）ローゴクにいる夢からさめても、ローゴクにいるような気分だ、なんとかしよう。ゴックン。

マナコ　事の重大さがのみこめたようだ。

王　ズルじゃん。

エンマロ　は？

王　ルールを守ると思ったから、あいつ仲間に入れてあげたんだよ。死んでも鬼門をくぐれば、また物語へ戻れる。クニヅクリはそんな遊びだと思うから、みんな、心優しく死んでいったのに。かんけりをやめた？

マナコ　王冠を蹴らせてくれないんだ。

アオマロ　そのうえ、あのでっかい大仏の顔が、出来上がって目を開き、鬼をにらみつけたら、もう二度と鬼門もひらくまい。

エンマロ　ずうっとこの腰痛持ちには耐えがたい姿勢のままか。
マナコ　今のうちになんとかしよう。
王　誰かがあの大仏の首をおとしに、鈴をつけにいったりして。
エンマロ　でも、大仏の首をおとせなかったら。
マナコ　自分の首がおちるだろうな。
アオマロ　誰が行く？
マナコ　こよりのくじで、決めよう。

みんなでひく。ヒダの王が当ってしまう。

王　いやだあ。カーテンコールが欲しい。代ってくれ、この世が元に戻ったら財産すべてやる。資産はシサンが十二兆円だぞ。
アオマロ　これが、王のゆとりか。
マナコ　おい、資産十二兆円ってほんとか？
エンマロ　やめとけ、マナコ。
マナコ　ゼニの次に命が惜しい、それが俗物。よし、威勢がいいうちに、大仏の首をはねてくるぞ！　けれど忘れるな、資産十二兆円、オレは本気だぞ。化けてでも、取りに帰る。ただ……
王　なんだ。
マナコ　もし、取りに帰れなかったらその十二兆円。

王　どうする？

マナコ　西巣鴨周辺の恵まれない老人たちに寄附してくれ、俗物には、手に入れた大金の使い道がわからない。

第四場　開眼式前夜

大仏の首から上を彫っている作業中の耳男。そこにマナコ。

マナコ　やい、名人かぶれ。

耳男　なんだ、やぶれかぶれ。

マナコ　その首をよこせ。

耳男　この首は、夜長姫様の首。

マナコ　では、その首もろともよこしゃがれ。その首は、鬼ねめつけて門を閉ざす首だ。

耳男　この首が、鬼の門をひらくか、とじるかは、オレの腕にかかってる。黙ってみてろ！

太鼓に合わせて、必死な形相で、彫ってはみるが、ため息ばかり、そこに座り込む。

マナコ　手伝おうか。

耳男　ダメだ。

マナコ　ダメか。なんかしょげるね。
耳男　お前こそ出だしの威勢は、もう萎えたのか。
マナコ　なあ耳男、同窓生のよしみで、あの夜長姫の首に鈴をつけてくれないか。
耳男　（アッサリ）いいよ。
マナコ　首をきってくれるのか。
耳男　今、鈴をつけろって。
マナコ　ひゆだよ、ひゆ。お前、けっこう、俺よりもバカか？
耳男　だったらまあ乗れよ。
マナコ　え？　何に。
耳男　比喩の自転車。
マナコ　二人乗りはダメだから。（と言いながら、比喩の自転車に乗る）
耳男　オレ、自転車に乗って下り坂になるといつも思うんだ。この世が永久《とこしえ》に下り坂ならどんなに楽だろうって。（心地よく自転車はくだり続ける）でも、もしずっと下りつづけていたら、お前どう？
マナコ　とことん下りつづけるほどに人間は強くない。（自転車が止まらない、その恐怖に思わずブレーキ）どこかでブレーキをかけてひきかえす。
耳男　（急ブレーキに吹っ飛ばされて）……そうだろう、それが人間というものだろう。ところが夜長姫には、それがない。とこしえに、下りの坂道を笑いながら、自転車で下りつづけていくようなヒメだ。しかも、荷台に地獄をのせて。
マナコ　お前、もしかして。

耳男　うん？
マナコ　ヒメに、ほ（の字なの）？
耳男　おたずねガニがここにいますぞ！
マナコ　クソっ、威勢を立て直してから出直してやるぞ。

　追われるように去るマナコ、そこに夜長姫。

夜長姫　明日にも開眼式《かいげん》だそうね。
耳男　開眼式？
夜長姫　あなたの御立派な大仏が、目をひらいてクニ中をにらみつける日よ。
耳男　なぜだろう、今はヒメの笑顔にもおされることなく、心に安らぎを得、すなおに闘っているのに、なんだろう、この平穏。いつもと違う、このしじま……オレは、なにか約束を忘れている気がする。ダメダ。
夜長姫　ダメなの？
耳男　まるでタナゴコロの孫悟空。
夜長姫　だったら……耳男！　すぐにも蛇をとっておいで、大きな袋いっぱいに。
耳男　蛇を？
夜長姫　あのバケモノを彫った去年の今ごろも、そうしたのでしょう？
耳男　ええ、そのまた前の年の今ごろも。
夜長姫　なんのために？

耳男　ヒメの笑顔を呪いながら。
夜長姫　呪いながら願っていたのでしょう。
耳男　ええ、蛇を生き裂きにして、血をしぼり。
夜長姫　しぼった血をどうしたの？
耳男　チョコに受けてのみました。
夜長姫　十四も二十四も？
耳男　飲みたくなけりゃ、バケモノにぶっかけるだけ。
夜長姫　そして裂き殺した蛇を。
耳男　天井に吊るした。
夜長姫　同じことをしてちょうだい。今度は蛇を、この青空一杯にするのよ。ごらん、ここから、キリキリ舞いをしている人が見える。
耳男　キリキリ舞い？
夜長姫　見えない？
耳男　どこにも。
夜長姫　私には見えるの、あのうしろには鬼がいるもの。誰にも鬼が見えなくなって、わからなくなっただけ。ほら、あそこ？　鬼がいる。
耳男　どこに？
夜長姫　キリキリ舞いがはじまるわ。だから、耳男。
耳男　はい。
夜長姫　明日は、朝早くから私達も、蛇を吊るすのにキリキリ舞いだわ。

耳男　朝早く？　ヒメが？
夜長姫　あたし明日から、イイ子になるの。

そう言い放つや、去る夜長姫。

耳男、その夜長姫の告白の余韻にドキドキしながら去る。

鞠だけがひとつ転がって来る。

追ってでてくるヘンナコ。鞠を蹴ろうとする瞬間、天武とハンニャロ、アカマロが現れて。

天武　蹴るな！
ヘンナコ　うん？
天武　まり、といえども蹴ったりするな。
ヘンナコ　（あっさりポーンと蹴る）
天武　蹴るな！　近頃、貴族にも蹴まりがはやっているとな。あれは、カンでも蹴るケイコをしているのか？
アカマロ　疑心暗鬼というもの。
天武　鬼を含んだ熟語を使うな、近づくな！
ヘンナコ　え？
天武　桜の木の下のカンに近づくな！
ヘンナコ　あたし、みっちゅよ。
天武　みっちゅといえどもだ、木の葉ひとちゅ、風ひとちゅ、カンに近づけるな。

ヘンナコ　このカン、どうしたの？
天武　そのカンが倒れたら、私とクニとが滅びるのだ。
ヘンナコ　（軽く倒す）
天武　うわー、やめろ苦しい。
ハンニャロ　近頃のミカドは、わが王冠がいつ蹴られるかと、すっかり脅えていらっしゃる。
ヘンナコ　誰が蹴るの？
天武　オニだよ。
ヘンナコ　オニ、見えなくなったんでしょう？
天武　オニというな！　オニと呼ぶからオニが生まれる。今後は、オの字もニの字も使ってはならぬ。
ヘンナコ　オニ、オニ、オニ、オニ、オニ、オニ、オニ、オニ、オニ、オニ、オニ、オニ。
（といいつつ去る）
天武　（卒倒する）
ハンニャロ　（天武を起こしつつ）かんけりを、それほど恐れるなら。
天武　うん？
ハンニャロ　いっそ、かんけり以外でミカドを譲られては。
アカマロ　ハンカチおとしなど、いかがで？
天武　どういうのだ？
ハンニャロ　背後にこっそり、ハンカチーフをおとされた者が、ミカドとなります。
天武　ハンカチーフ……やわらかなタッチだな。

アカマロ　ただ、うっかりしていると一周まわって背中からグサッ！

天武　ワーッ！……他にないのか。

ハンニャロ　だるまさんが転んだは？

天武　どういうのだ？

アカマロ　ミカドが見ている時は、人々は止まっています。見ていない時は、人々は動きます。

天武　（だるまさんが転んだを始める）我が身は安全だな……我が身は安全だな……わがみはあんぜんだな……（そういいつつ二人を見る。見ている間は動かない。だが、次第に近づいてくる二人）……わがみはあんぜんだな。

アカマロ　そう思っているうちに。

天武　え？

アカマロ　王の手、切った！

天武　わー！……何かいい方法はないのか。桜の木の下の王冠の、その番人はいないのか。そう、一晩考えて！……朝になった。

ハンニャロ　かくて、その番人が太陽と共に、我々の頭上に輝いております。

天武　さよう。

ハンニャロ　開眼式にございます。

第五場　開眼式

晴れがましい、大仏の開眼式が執り行われる。天武、ハンニャロ、アカマロの他、天武の役人たちも晴れがましくそこに参列する。
クニの人々が野次馬のように遠巻きで見ている。
その儀式の間、牢獄に閉じ込められている者たちも一部始終を見続けている。

天武　これぞ私が、万人の為に選んだ番人。尊い神の化身、夜長姫を刻んだ、この大ミロク様が目をひらき、クニ中をごらんになる。これぞ歴史の顔だ。でかしたぞ耳男。
ハンニャロ　この大ミロクのおかげで、かげりがちだったミカドの心も和らいでいたりして。
天武　さっそく、テープをきれ、耳男。

耳男、緊張の面持ちで、船の進水式のようなテープをついにきる。
胴体は見えるが高すぎて見えない大ミロクの顔がついに見えてくる。（ただし、客席にはまだ見えない）
クニの人々から、賞賛、感嘆の嵐、「さすがだ！」「名人の力作だ！」などなど。

クニの人1　名人、ミカドと一緒のところを一枚。
耳男のマネージャー　名人は時間がありませんので、手短かに。
クニの人2　二年連続日本ホリモノ大賞の受賞おめでとうございます。
クニの人1　さいごに今の心境を。
耳男　夢のようです。

クニの人々は、元通りの遠巻きで見ている姿に戻っている。

耳男　夢だったのか……でもこれからは、今の場面も夢ではなくなるんですよね。

天武　そう、これからのハナシは、夢ではないぞ、耳男。

耳男　はい。

天武　約束通り、ホービに失くした耳を返してやろう。

天武自ら、失くした耳を耳男に投げる。
耳を手にして耳男。何十年も会えなかった旧友と再会したかの如くに感動し。

耳男　なつかしいなあ。離ればなれになっていたけれど、これからはこの耳で、ヒダタクミの名人とオレを呼ぶ声がきけるようになるんですね。

天武　うん?

耳男　正真正銘の名人という名声が、失くした耳から入ってくるんですね。

アカマロ　失くした耳に、耳つけてみろ。

耳男　は?

ハンニャロ　そんな声が、本当にきこえてくるか?

耳男　え?

天武　耳男、タクミがつくったものには、つくったタクミの魂がのりうつるというのは本当かな。

耳男　本当です。この大ミロクにはオレの魂が。

天武　では、オニをもにらみかえすこのミロクをつくったお前の魂は鬼だな。

耳男　は？

天武　耳男、お前は鬼だな。

耳男　そんな。

天武　耳男、お前、鬼になれ。

耳男　どういうことで？　二度と鬼をつくらないために、このミロクを。

天武　わたしは鬼など欲しくない。けれども誰もが鬼を欲しがる。指をさす鬼を欲しがる。その失くした耳から何がきこえる。

耳男、おそるおそる、その失くした耳を、自分の耳の辺りに押し当ててみる。すると、ひそひそ声が聞こえてくる。そのひそひそ声は次第に大きな声に変っていく。

クニの人1　やはり、大ミロクをつくったのは鬼だそうだ。

クニの人2　どうりで、すさまじい形相だもの。

ハンニャロ　ヒダという幻の国に住む一匹の鬼が彫ったらしい。

アカマロ　鬼と呼ばれてわしらも弱った。

ハンニャロ　けれどこの身も晴れた。

アカマロ　鬼はここにいるんだもの。

ハンニャロ　人の姿を借りた鬼だ。
二人　目に見えなかった鬼が姿を見せた！
全員　耳男、お前が鬼だ！
耳男　ヒメ様お助け下さい。
ハンニャロ　え？
耳男　夜長姫様におきき下さい。
ハンニャロ　朝はお休みで。
耳男　ヒメには見えるはず、オレが鬼かどうか。
天武　わがキサキまでたぶらかすのか、この鬼。
アカマロ　ヒメ様に願いをかけるというのは。
ハンニャロ　ヒメ様を呪うことだ。
アカマロ　この鬼、キサキ様を呪っているぞ！
耳男　いえ、オレは、オレは……
天武　鬼の目にも涙か。

雫の音が反響する。

ハンニャロ　いや、なんだ、このしずくは。

人々、大ミロクを見上げる。

クニの人４　ミロク様が泣いているわ。
クニの人１　あ！　大仏の横に俗物が。

マナコが、いつしか大仏の首のすぐそばまで登っている。

マナコ　オレは銀座のライオンでアルバイトをしていた時の帰り道を忘れない。オレとは縁のない画廊とかいう店のショーウィンドウでマルク・シャガールとかいうやつの美しい絵に出会った。それは、自分が、溶けていくほど美しかった。だのに、ああだのに思わずオレの目は、値札の方へ走ってしまった。美しい絵と知りながら、目が離せぬほど美しい絵が、そこにありながら、なぜオレのマナコは二百五十万円とかかれた値札なんかに走り、もう一度ゼロの数を数え、そのうえ、ため息まで洩らしてしまうのだろう。一枚の絵に出会って偉大な絵描きになる人間もいる。けれど一枚の絵に出会って、自分が俗物だと思い知る男もいるんだ。
アカマロ　それがどうした？
マナコ　その俗物のマナコにも、この大仏は、大俗物に見えらあ。
アカマロ　なにをするんだ。
ハンニャロ　あっ、首をキリトローとしている。
天武　よせ、俗物。
クニの人々　うわーっ。

マナコの手で、の大仏の顔が切り落とされる。そのとんでもない大仏の顔が、落っこってくる。

マナコ　そんな役立たずのミロクをつくる鬼がいるものか！

ヒダの王家の人々　ビンボー、ビンボー。

マナコ　元気か、深謀遠慮の棒の下。

王　見ろ、俗物が大仏に鈴をつけた。

マナコ　そのうえ深謀遠慮の棒にかなう棒を連れてきてやったぞ。

天武　そんな相棒がいるなら驚いてやる。

マナコ　その相棒たぁオレの中に棲むランボームボーの暴れん坊だ！

そういうや、乱暴狼藉を働き、牢獄を打ち破る。そのことで、ヒダの王、ヒダの王家の人々、そして、エンマロ、アオマロも牢から出ることができる。

ハンニャロ　この無謀な狼藉いかがいたします。

天武　まずは、一匹の鬼を逃せ。

ハンニャロ　は?

天武　（まだ逃げていない耳男に向かって）耳男が！　逃げたぞ！　鬼が！　逃げたぞ！

そのコトバに震えおののき、逃げていく耳男。丑寅の方角へ逃げてしまう。

天武　その鬼を見つけろ。

鬼狩りの男ら現われる。そして耳男の後を追って行く。

ハンニャロ　鬼狩りですね。

天武　鬼のみそぎをすました時、このクニは清らかとなる。

アカマロ　クニヅクリの物語は、今、はじまったばかり。

天武　オレがファーストエンペラーだ。

第六場　ラスト村長

牢獄から出てきた、ヒダの王とアナマロ、マネマロらが現われて。

王　待ちやがれいっ、ファーストエンペラー。

天武　誰だ？

王　幸福な王の時代、ラスト村長だ。

天武　待ってやれ。

王　私の幸福がカンを蹴ってやる（桜の木の下に走って行く）あれっ？　カンがない。

天武　その王冠ならば永遠にこの大仏の腹の中に納まった。
王　私の幸福感がなくなった。
アナマロ　幸福な王の時代は、去ったのですね。
王　ふむ。
アナマロ　ラスト村長、どこへ？
王　象の墓場だ。

耳男が逃げ去って行った方向へ、去っていくヒダの王と王家の人々。
牢獄から出てきたエンマロとアオマロも。

エンマロ　おれたちはどうしよう？
アオマロ　幸福な王とともに生きてきたんだ。
エンマロ　うん、幸福な王と一緒に象の墓場へ行こう。

エンマロ、アオマロも同じ方向へ逃げて行く。

ハンニャロ　辛抱な棒の下から王のゆとりまで逃げだした。
アカマロ　なにもかもが逃げだした。
天武　逃げろ、逃げろ、どんどん逃げろ。
ハンニャロ　そのゆとりはどこから？

天武　今日の鬼は恐くない。目に見えるから。

第七場　耳男、桜の森へ

天武ら去る。
桜の森の入り口まで、追手に追われて走り込んでくる。
そこへマナコ、耳男をかばって。

追手1　（耳男に）そこのオニ！　待ちやがれいっ。
マナコ　その待ちやがれいっ、待ちやがれいっ。
追手2　オニをかばうのか、このカニ！
マナコ　カニとムサシは二刀流、これより先にクニが住み、これより先にオニが住む。そのけじめは、カニがつける。
耳男　どうつけるんだ。
マナコ　カニは、さいごにこう考えた。ゼニがなくちゃ、ナニもできねえ。けれど、クニなくしては、ゼニもない。だけどやっぱり、オニなくして、クニはない。
耳男　つまり？
マナコ　オニの息吹のかかるところがないと、この世は駄目な気がする。

追手、きってかかる。マナコ、俗物らしく泥臭く闘う。

耳男　(マナコ危機一髪) マナコ!
マナコ　威勢のいいうちに、逃げやがれいっ。
耳男　道しるべに、彫った鬼を見つけたら、それが。
マナコ　なんだ。
耳男　鬼の逃げ道、鬼の道行き。
追手ら　(耳男に) 待ちやがれいっ!
マナコ　待ちやがれいとは待ちやがれいっ!

マナコ、鬼狩りの男らを蹴ちらしつつ去る。助けられた耳男は、桜の森の奥深く、さらに丑寅の方角へ逃げようとする。
そこへ、夜長姫。

夜長姫　どこへ行くの耳男。
耳男　あ?
夜長姫　はじめて、早起きしたっていうのに、朝っていつも、こんなに騒がしいの?
耳男　今朝はかくべつ。待ちやがれいっ!　と、待ちやがれいっ!　のケサがけ。
夜長姫　耳男、今朝は、何べんも何べんも蛇をとるのよ。
耳男　それがヒメ様。

遠くに「鬼はどこだ?」「鬼はいずこだ?」の声。怯えて、腰を抜かす耳男、それでも逃げようとする耳男。

夜長姫　どこかへでかけるのかい。
耳男　はい。
夜長姫　今日でなくちゃいけないのかい。
耳男　今日でなくちゃいけない。
夜長姫　昨日もそう思ったんだろ。
耳男　それでも約束があるからね。
夜長姫　約束した誰がいるんだい。
耳男　誰もいないけれども……
夜長姫　誰もいなくて、誰と約束するんだえ。
耳男　桜の……花が咲くんだよ。
夜長姫　桜の森の満開の下へ行くんだね。
耳男　ああ、涯のない花の下へ。
夜長姫　あたしも連れてっておくれよ。
耳男　え?(ふっと背後に気配を感じて、われにかえる)
夜長姫　(いつもの夜長姫に戻っている)……あたしはお前と、もとい、お前はあたしと一緒でなきゃ、生きていけないのよ。

耳男　けれどもオレは、これから、転がるように逃げていくんですぜ。
夜長姫　だからお前が、転がるなら、あたしも転がっていくよ。
耳男　……ヒメ様、それならお手を！
夜長姫　はい！
耳男　これからは一目散に、永遠を下りつづけていくのですよ。

夜長姫と耳男、丑寅の方角、桜の森の深みへと去る。

第八場　鬼狩り

一気にそこは満開の桜の森に変る。
大きな紙と大きな布で表現される。
まず、夜長姫と耳男が行く。
つづいてヒダの王家の人々が逃げて走る。
さらに、鬼狩りの男らが通る。
そして、天武、ハンニャロ、アカマロが姿を見せる。

アカマロ　鬼がキサキを連れ出して。
ハンニャロ　森の中へ逃げこんだ。

天武　逃げろ、逃げろ、わしから逃げろ。
ハンニャロ　キサキまでが、逃げ出したというのにこのゆとり。
アカマロ　やけたあまりに、おこしたヤケか？
天武　オレから逃げれば、逃げたぶんだけこのミカドの物語から逃げれば逃げたところまでがミカドのクニになる。二千年逃げつづければ、その二千年先まで、このミカドの物語が届きうるクニとなるのだ。
ハンニャロ　では永遠に、そのことに気がつかず。
アカマロ　鬼が逃げつづけるならば。
天武　ミカドの物語は永遠だ。ただ。
アカマロ　なんです。
天武　おそれるのは、パンクズをばらまきながら、森へ逃げこんだヘンゼルとグレーテル。
ハンニャロ　いつか帰り道を捜すのでしょうか？
天武　鬼火をかざせ！

その方向に夜長姫と耳男が見つかる。
鬼狩りの男、シルエットで現われ、襲いかからんとすれば、大きな紙の下から、鬼女達の姿が現われる。

鬼女4　王家の森に王家の夢が。
鬼女5　眠っていたのに起こしたのはダレ？

鬼女4　象の墓場を掘り起こしたのはダレ？
ハンニャロ　鬼をかばう鬼が現われました。
天武　その幻、ナニモノだ。
鬼女5　幸福な王の時代です。
天武　ならば、その時代も、もろとも鬼だ。
鬼女4　ええ、その頃は、鬼もろともに生きていました。

鬼狩りの男ら、鬼女を追い四方向に散る。

夜長姫　（桜の木のてっぺんに登っている）ごらんよ耳男、東でも西でも南でも北でも、イクサが始まったのよ。朝はこんなに素敵だったのね。ほら、刀を空高くかざしたかと思うと、とりおとしてキリキリ舞いをはじめたの……ほらあすこ！　みつけた。
追手1　いたぞ、鬼だ。
追手2　違った、人だ。

斬り殺された人間が、キリキリ舞いをはじめる。

天武　このクニの北のサカイが見つかった。
夜長姫　耳男がつくった道しるべの前で、一人ずつカカシに足が生えて、くの字をふみながら、ユラユラとキリキリ舞いを始めた。耳男、ごらん！　あすこにほら。

追手３　いたぞ、鬼だ。
追手４　違う、人だ。
天武　南のサカイが定まった。

また斬り殺された人がキリキリ舞い。

夜長姫　キリキリ舞いをはじめた人がいてよ。ほら、キリキリと舞っていてよ、お日さまがまぶしいように、お日さまに酔ったように。

ヒメが見つけるたびにそこにかくれていた鬼女が現われ。

夜長姫　見ーつけた！
追手１　(見る) 鬼か？
追手２　人だ。
天武　東のサカイが定まった。

その鬼と呼ばれた人は、エンマロとアオマロ、そこでこと切れる。

耳男　ヒメ様、これは、かくれんぼではありません。
夜長姫　見ーつけた！

耳男　ヒメが鬼を見つけるたびに、ヒダの王家が消えていく。
夜長姫　ここであなたも耳をふたつなくしたのだもの、あたしも妹とお父様をなくすだけのことよ。見つけた！
王　うわー。（斬り殺される）
追手1　鬼か。
追手2　いや人だ。
王　満開の花のふさが、みはるかす頭上にひろがって。
天武　西のサカイが定まった。
ハンニャロ　新しきクニの境は、ほぼ定まりました。
アカマロ　後は丑寅の方角を決めるだけ。
天武　（耳男に）丑寅に逃げ出した鬼、待ちやがれいっ！

鬼狩り、一斉に、耳男へむきなおる。

マナコ　その待ちやがれい、待ちやがれいっ！
耳男　道しるべに追いついてきたか、マナコ。
マナコ　東西南北に鎮座まします鬼の子孫どもよくききやがれ、オレはこのマナコで見つづけてやるぞ。この歴史の帰り道。
天武　その丑寅に鬼の息吹の吹きこまぬよう、王家の森の満開の桜の下に耳ぶたをしろ。
ハンニャロ　耳ぶたを？

天武　いずこが丑寅とも知れぬよう、まぶたに耳ぶただ。

天武ら何事もなかったかのように去る。

追手ら　あのマナコをえぐりとれ。
マナコ　うわあっ。（マナコ、鬼狩りの男らに目をえぐられる）
耳男　マナコ？
マナコ　ころがっていく先の丑寅が見えなくなった。エイッ、この方向が丑寅だ。
耳男　え？
マナコ　ころがるところまで、ころがっていけ。じきにはねかえったら、歴史への花道に返り咲かあ。耳男、ヒダと共に消えた来世で会おう。
夜長姫　さいごの一人見ーつけた！

マナコ、鬼狩りの男を道連れに斬り殺される。
夜長姫と耳男、そして殺された鬼の死骸があるばかりの桜の森となる。

第九場　桜の森の満開の下

夜長姫　お日さまが、うらやましい。世界中の野でも山でも町でも、こんな風に死ぬ人を見ていらっしゃるのね。

耳男　ヒメ、なにをひとりごとおっしゃっています。

夜長姫　見はるかす満開の桜の森から、私が見つけた人が、それから、私の目に見えない人達も、みんなみんな死んで欲しいわ。

耳男　オレがつくったミロクも、こんなイクサも、この世につくられたクニも、ただのちっぽけな人間だ。ヒメは、この青空と同じくらい大きな気がする。

夜長姫　ごらんよ、耳男。

耳男　ヒメを、この青空の下から連れ出さなくては、このチャチな人間世界はもたない。

夜長姫　また一人が、キリキリ舞いしている。

耳男　ヒメ様！

夜長姫　どうしたの？

耳男　荷台から地獄がおちた。

夜長姫　なんのこと？

耳男　下りつづけていくほどに、オレは強くない。

夜長姫　だめよ、ころがるように下っていくっていったのは、あなたなのだから。

耳男　でも今日でなくともいい。

夜長姫　今日でなくちゃいけないわ。

耳男　今日でなくちゃいけないんだ。（ハッと、いつか桜の森で背後に聞いた声を思い出す）……ねえ、はじめて会った日も、こうして桜の粉と一緒に、こんな話を。

夜長姫　その時、おぶっていたのはあたし？

耳男　いや、鬼……？

夜長姫　鬼？

夜長姫、鬼女の顔となり、耳男に、おそいかかる。耳男、ひとたび、首をしめられる。やがて耳男、体を入れかえ、夜長姫の首をしめる。その時、夜長姫の顔が見える。たしかに、鬼の顔をしている。鬼の角を摑む。鬼の角が折れる。

耳男、全身の力をこめて、その鬼の角で、鬼の胸を突き刺す。突き刺した瞬間、夜長姫の鬼の面が、ポロリ落ちる。鬼ではなく、夜長姫である。そして今までと同じヒメの笑顔。

夜長姫　さよならのあいさつをして、それから殺してくださるものよ。あたしも、さよならのあいさつをして、胸を突き刺していただいたのに。

耳男　オレもせめて、おわびの一言でも叫んでからと思ったけれど、なにか、もう、あの、ヒメを見ると、この、あの……

夜長姫　いいの。好きなものは、呪うか殺すか争うかしなければならないのよ。お前の大きなミロクがダメだったのも、そのせいだし、お前のバケモノが、すばらしかったのも、そのためなのよ。ねえもしも、また新しく、なにかをつくろうと思うのなら、いつも、落ちてきそうな広くて青い空をつるして、いま私を殺したように、耳男、立派な仕事をして……

ヒメの目が笑って、とじる。

桜の花びらに埋もれるように横たわる夜長姫。その桜の木の下で、母に死なれた動物のように耳男、うろうろ、おろおろと。

ふっと、耳男、死んでいるはずの夜長姫の着物にふれると、夜長姫はいない。ただ桜の花びらがあるばかりだ。

耳男、満開の桜の森に座りこむ。

桜の森の遠くに貴い人の行幸《みゆき》が見える。

そのミカドの行幸と交差するように鬼女たちの行幸がやってくる。

鬼女4　そんなところでじいっとして、冷たくはありませんか？
耳男　花の涯から吹きよせる、冷たい風も、もうここにはありません。ただひっそりとそして、ひそひそと、だけどこれからはいつまでも、ここで身動きもせず、じいっと座っていることができます。
鬼女4　桜の森の満開の下に？
耳男　もう帰るところがありませんから。
鬼女5　それでも行きましょう。
耳男　あの道行きは？
鬼女6　鬼のミソギをすまされて、ミカドが行幸をなさっているところです。
耳男　この森のしじまに、きく耳もなくした。
鬼女4　丑寅の刻に、丑寅の願いが届いたというのに？
耳男　え？
鬼女5　あなたがここまで彫ってきた道しるべをパンクズのようすがに。

鬼女6　森に迷いこんだ王家の夢が帰り道を捜しました。
耳男　今まで道の片側に彫ってきた鬼の顔は？
鬼女4　行きは、こわいの道しるべ。
耳男　では、これからが帰りはよいよい。
鬼女　その道しるべには何を刻んでくれるの？
耳男　あっ……その声。（鬼女たちに紛れた、その鬼女の声は、夜長姫の声のようだ）
鬼女　何を刻むの？
耳男　この桜の木の下からどこにもまいらず、けれどどこにでもまいるるおまじない。
鬼女　え？
耳男　いやあ、まいった、まいった。

耳男、桜の森の満開の下に、いつまでも、じいっと座っている。

贋作　桜の森の満開の下　　坂口安吾作品集より

［キャスト］

耳男	妻夫木聡
夜長姫	深津絵里
オオアマ	天海祐希
マナコ	古田新太
ハンニャ	秋山菜津子
青名人	大倉孝二
赤名人	藤井隆
エナコ	村岡希美
早寝姫	門脇麦
エンマ	池田成志
アナマロ	銀粉蝶
ヒダの王	野田秀樹

池田遼　石川詩織
織田圭祐　神岡実希
上村聡　川原田樹
近藤彩香　城俊彦
末冨真由　手代木花野
橋爪渓　花島令
藤井咲有里　松本誠
的場祐太　茂手木桜子
吉田朋弘　六川裕史

［スタッフ］

作・演出　野田秀樹
美術　堀尾幸男
照明　服部基
衣裳　ひびのこづえ
音楽・効果　原摩利彦
音響　ｚＡｋ
振付　井手茂太
美粧　柘植伊佐夫
殺陣　渥美博
舞台監督　瀬﨑将孝／松浦孝行
プロダクション・マネージャー　徳永泰子
プロデューサー　鈴木弘之
企画・製作　ＮＯＤＡ・ＭＡＰ

［上演記録］

初演　劇団夢の遊眠社　第37回公演
東京公演／日本青年館
1989年2月11日～28日
京都公演／南座
1989年3月3日～8日

再演　劇団夢の遊眠社　第42回公演
東京公演／日本青年館
1992年1月20日～2月9日
大阪公演／中座
1992年2月13日～3月1日
名古屋公演／名古屋市民会館
1992年3月5日～6日

再再演　新国立劇場主催公演
東京公演／新国立劇場中劇場
2001年6月1日～30日

NODA・MAP
野田地図

第21回公演

足跡姫

時代錯誤冬幽霊《ときあやまってふゆのゆうれい》

2017年1月18日(水)~3月12日(日)

東京芸術劇場プレイハウス

十八代目中村勘三郎が残した足跡

彼は、昭和三十年五月三十日に、歌舞伎役者十七代目中村勘三郎の長男として生まれ、幼少時より勘九郎として親しまれた。やがて、その卓越した演技と抜群の企画力をもって、誰もが知る名優として、歌舞伎界に大きな足跡を遺すこととなる……トカナントカ言うのが、勘三郎の公的な「足跡」に違いない。その「足跡」に間違いはないし、大層なものではあるが、面白くない。彼の「足跡」はそういうところにだけ、残されたわけではない。……その足跡は、新宿の十二社通りに面した小汚いけれども美味しい（小汚いから美味しい）中華料理屋の前にある。あった。かれこれ十年はたつ。彼が海外旅行に凝り始めて、インドに行った帰りだったと記憶する。成田から電話をかけてきて「今、日本に着いたんだけど、インド、すごいよ〜！」という興奮状態で、その興奮を今すぐすべて吐露しないと気が済まないようで、「今、どこにいるの？」と聞いてきた。私はその時ちょうど、稽古帰りに、十名近い役者と、その小汚いけれども美味しい（小汚いから美味しい）中華料理屋で楽しく会食をしていた。せっかちな勘三郎は、どうしても、そのインドの、汚水にまみれてはいるけれども神聖な（汚水にまみれているから神聖な）ガンジス川での体験を、立て板に水のように語りたいらしく「じゃあ今からそこへ行くよ」ということになった。

あっという間にやって来た。成田から、本当に真っすぐにやって来たことがやがて分かる。

というのも、その小汚いけれども美味しい（小汚いから美味しい）中華料理屋の立て付けの悪い扉を、ガラガラガラッと、やくざのような勢いで開けると、彼は「いや皆さん御免なさい、お邪魔しちゃってもう……」と一通り挨拶をしたかと思うと、なみなみと注がれすぎて零れてしまいそうなガンジス川体験をとうとうと語り始めた。「すげえんだよ、だからさ、野田、行った方がいいよ、あんた」三十回はそういった。私は、ガンジス川よりもその興奮している勘三郎を、ただひたすら面白く感じながらも、気になることがあった。勘三郎の足元が灰色で、どっぷりしている。彼の興奮がひとしきりあって、おさまった頃、私は聞いてみた。「あんたのその、まるでコンクリートか何かにでも足を突っ込んだままのような足元は何なの？」「え？」「ガンジス川からそのまま来たってこと？」……そんなわけはないのである。あれ？どういうことだ？　と言うので、あれこれ推理しながら、私は、はたと思い当たった。その小汚いけれども美味しい（小汚いから美味しい）中華料理屋の扉を開けて外へ出た。案の定であった。店の前の道路に、工事中で入ってはならないと書かれたエリアを見つけた。その工事中のエリアは、彼が下りたタクシーの場所からこの店までの直線距離のその中間に位置した。つまり、インドのガンジス川にどっぷりつかっていた彼は、タクシーを降りるや、そのまま、まっしぐら、一直線、ただひた向きに、その小汚いから美味しい中華料理屋へ歩いてきたのだ。ほんの少し迂回しようかという知恵も思案もなく、どっぷりどっぷり、工事中の生乾きのコンクリートに、足跡を残しながら……。確かに、その足跡は、夜の街灯に照らされて、こちらに向かって、迷うことなく歩いてきていた。これが、中村勘三郎が残した「足跡」である。

　残念ながら今、十二社通りに行ってもその足跡は残っていない。たぶん、翌日にでも、工事現場の人たちが「まったく、ひでえことをするやつがいるなあ」とか言いながら、きれいに舗装し直したのだろう。もしも、あの足跡があのまま残っていれば、今頃はちょっとした「名所」として、あの小汚い中華料理屋も改装できて大繁盛していたかもしれない。でも小汚くなくなったら、美味しくなくなっていたかもしれない。そんな意味でも「足跡はさ、消えるからいいんだよ」と彼が言っているような気がする。

（「足跡姫」公演パンフレットより）

足跡姫

時代錯誤冬幽霊《ときあやまってふゆのゆうれい》

第一幕

観客が劇場に入ると、鄙《ひな》びた芝居小屋が見える。

芝居小屋の舞台には盆があり、花道もある。

舞台上には、一枚の大きな桜の木が描かれた紙が敷かれている。


やがて、柝《き》が入る。

その大きな紙がするするするっと立ち上がって、大きな桜の木の絵が、舞台背景の幕となる。

再び、柝が入る。

暗転。


「能」の謡曲「田村」が流れる。

荒々しい面をかぶった『無限』が現れる。

『無限』は、刀を手に、桜の下で大暴れをする。

そこに、直面《ひためん》（素顔）の女が現れる。名前は『０《ゼロ》』。能の謡曲は、「地球の反対側」の音楽に乗り替わっていく。

『0』は、足を踏み鳴らし艶やかに踊りながら、『無限』の暴れる心を鎮めていく。

『無限』が去る。

そのことを、寿《ことほ》ぐように、桜の木の下に、たくさんの『0』＝女が集《つど》い現れて、足を踏み鳴らしながら踊る。踊る。踊る。あたかも無限に踊り続けるかのごとく。女たちの群舞は、いよいよ激しさを増す。

そして、次々と着ているものを脱ぎ捨てて、薄絹一枚で踊り始める。

いつしか、ディオニッソスの狂女らと見紛《みまご》うばかりに。

その絶頂。

突如、花道の奥で甲高い笛の音、そして声。

声　しらば〜く！　しらば〜く！

舞台上の踊り子たち、大慌てで裏へ引っ込む。

代わって『別の女性の一群』が現れる。

その間、花道の揚幕《あげまく》の奥で、揉め事が起こっている声が聞こえてくる。

声を止める声　しらばくとは、またご無体なり。

揚幕上がる音。

声の主、伊達《だて》の十役人《じゅうやくにん》（一役人目、真立屹立《まだてきつりつ》の助兵衛《すけべえ》）が、花道より入って来る。
芝居小屋の下足番三人も、追って入ってくる。

伊達の十役人・真立屹立の助兵衛　なあに、しらばくしらばく、しらばくれてんじゃねえよ！　って話さ。

下足番半分の一　身共《みども》らが、何をしらばくれてることがございましょう？

真立屹立の助兵衛　とうの昔に、女カブキ御法度《ごはっと》が出たのを知っておろう。その御法度を蔑《ないがし》ろにし、今なお、踊り狂うカブク女らの、ここにありと聞く。風営法違反だ。男の花道から出て行け、女ども!!

『別の女性の一群』の中からの声。

声　しらばく〜、しらばく〜!!　われらは無実。

真立屹立の助兵衛　誰だ、私のお株を奪い、しらばっくれている女は。

女たち、姿を見せると皆男。

声の主、サルワカ　われらこそ、女に扮したやさ男、ガタガタ震える女形、複数形で女形がた〜。

真立屹立の助兵衛　ガタガタ、ガタガタぬかすな！　この女のまがい物めらが！

サルワカ　ありがたき幸せ。
真立屹立の助兵衛　何？
サルワカ　まがい物め!!　は、役者にとっての褒め言葉。騙してなんぼ、騙されてマンボ!!
　う〜っ!!　と。
真立屹立の助兵衛　（一緒にのせられ）う〜っ!!　と。
サルワカ　まして、ここでカブイているわれらは男、何の罪科《つみとが》がございましょう。
真立屹立の助兵衛　ふん、芝居小屋など、どうせ卑しい罪人の巣窟だろ。まっとうな町人なら
　ば、八百屋、魚屋、豆腐屋、蕎麦屋必ず屋号をもっているはずだ。
サルワカ　俺だって屋号くらい持ってらあ。
真立屹立の助兵衛　なんだ河原乞食、おめえの屋号はさ。
サルワカ　淋しがり屋だ。
大向こうからの声　淋しがり屋！
真立屹立の助兵衛　嫌な商売だ。八百屋ならば人参を、魚屋ならば蛸を売る。おい、淋しがり
　屋、てめえは何を売るんだ？
サルワカ　淋しがり屋は喧嘩を売るんだ！
真立屹立の助兵衛　喧嘩を売って、顰蹙《ひんしゅく》を買うってわけか。

　　サルワカ、刀を抜く。

真立屹立の助兵衛　その刀もまた、どうせまがいもんだろ？

サルワカ　あたりまえだ、舞台の刀だ。

真立屹立の助兵衛　だが、こちらの刀は本物だぞ。

サルワカ　ペンは剣よりも強し……微妙にたとえが違う！

サルワカ、ニセモノの刀で文字通り「刃向かう」。が伊達の十役人に軽く取り押さえられる。

真立屹立の助兵衛　俺は男だろうが、女だろうが、カブキとかをやっている奴らが、心底でえっきれえなんだよ。カブク？　なんで傾《かぶ》いてんだ？　よく聞け、俺は伊達の十役人。

サルワカ　十役人って、ひとりじゃねえか。

真立屹立の助兵衛　ばか、これから十役の役人をやって見せる、その一役人目、名を真立屹立の助兵衛、少しでも傾いている奴が許せねえ性分、しかもここでやっているのは、カブクという名のストリップ。俺は、カブキのカ！　ハダカのカ！　と聞くだけでカッカ、カッカ！してくる、カ・アレルギーなんだ。

女形ナメコ　かぶきのカ〜!!

女形シメジ　はだかのカ〜!!

真立屹立の助兵衛　カッカ、カッカ、カカカカカカ〜！　速やかにここを立ち去れ〜。（花道を退場しながら客に八つ当たり）おい！　おめえらも、ろくでもねえもん見てんじゃねえ！もしも、舞台の上に一人でも女がカブク姿を見ようものなら、おめえらも共犯だからな。

伊達の十役人、去る。

と、隠れていた踊り子ヤワハダが出てくる。その後から看板踊り子が姿を見せる。

看板踊り子 行っちゃった？

踊り子ヤワハダ 行ったみたい。

看板踊り子 では……（姿勢を正して）然《さ》あらばあれ、ここに漸《ようや》く前口上《まえこうじょう》～。

女、客に向き直って口上。

看板踊り子 まずはお客様への口上が後先《あとさき》致しましたことお詫び申し上げます。さて、私が、当一座の看板踊り子三代目、……四代目……三、四代目出雲阿国《いずものおくに》でございます。（由緒正しそうに巻物を掲げている）三、四代目とあやふやなのは、私の母が、二、三代目出雲阿国だったからでございます。曖昧な母からは曖昧な娘しか生まれない、あいまいなミーでございます。今宵、当地で興行させていただきましたが、こうしてケチがつきまして、この地をしばらく離れることと相成ります。が、が、レディー・ガガ、またいつの日か、白い夕月が東の空にのぼります折、わが三、四代目出雲阿国座が、桜麗《うら》らかなこの地に立ち寄りましたならば、なにとぞ～、ご贔屓《ひいき》のほど～お願いたてまつり～、クリスマスツリ～！

幕となり、観客が帰っていく。

舞台が回って、小さな山車《だし》が現われる。劇場の出口となる。

出口から観客が帰っていく。

ヤワハダ　（客に）お兄さんまた来てね。今度は白い月だけじゃなくて、あたしの白い肌も見せるから。
三、四代目出雲阿国　ヤワハダちゃん、踊り子が見せる。って言っちゃダメ。
ヤワハダ　え？　踊り子なのに見せちゃダメなの。
三、四代目出雲阿国　口酸っぱく言われているでしょ。座長に、太夫《たゆう》に。
ヤワハダ　（座長と言われた女のほうを向いて）あ、万歳三唱太夫《ばんざいさんしょうたゆう》、そんなこと言ってた。
万歳三唱太夫　ばんざーい、ばんざーい、お客さんばんざーい！（客を皆送り出す）
三、四代目出雲阿国　あたしたちの裸が見えちゃうのは、あくまでも事故。踊っていたら偶々《たまたま》はだけて、うかつにも肌が見えちゃう。積極的なハダカじゃない、消極的なハダケだって。
万歳三唱太夫　そう！　偶然のストリップは、罰せられないからね。
ヤワハダ　でも太夫、それは検便というものだよ。
三、四代目出雲阿国　検便じゃないね、詭弁《きべん》だね。
万歳三唱太夫　今までは、その詭弁のストリップでやってこられた。でも、それさえだめ、今夜のあの役人の剣幕をみると、もう女がカブクこと自体に幕が引かれそうだ、ひとまず、ここはずらかるよ。
三、四代目出雲阿国　でも、お城から遠くには行きたくないよ。
万歳三唱太夫　ああ、江戸からは離れないよ。
ヤワハダ　でもなんで、あたしたちに脱がれたら困るんだろう？　ハンバーグは。
三、四代目出雲阿国　ハンバーグじゃないね、幕府だね。

万歳三唱太夫　女が肌で稼ぐのは、幕府公認の吉原《よしわら》だけにしろって計画さ。もぐりのあたしたちからは、まったくカネをとれないだろう。
ヤワハダ　だったらあたしたちも、公認してもらおうよ、ハンバーグに。
三、四代目出雲阿国　脱ぐことを?
ヤワハダ　脱ぐことを。
三、四代目出雲阿国　でも、この脱ぎ続けた先に何があるんだろう、そう思うと、あたし近頃、股に、手で、ブルーになっちゃう。
ヤワハダ　股に手でブルー?
三、四代目出雲阿国　『股に手でブル〜!』

本能的に、7秒だけ『股に手でブル〜!』の踊りを踊る。
ヤワハダ去る。
芝居小屋の中からサルワカが現れて、三、四代目出雲阿国と目が合う。
踊り、さっとストップ。

三、四代目出雲阿国　へったくそ!
サルワカ　なんだよ、姉ちゃん。
三、四代目出雲阿国　何、あの『騙してなんぼ、騙されてマンボ!!　う〜っ!!』て、ちゃんと『う〜っ!!』ができてないよ。
サルワカ　でも僕は、踊り子じゃないから。

三、四代目出雲阿国　役人の取り締まりだったとしても、あんたは舞台の上に立っていたんだ、お客の目もあったんだから。
サルワカ　でも俺たち男は、女カブキの中じゃ、所詮、代行じゃないか。
三、四代目出雲阿国　代行ってなによ。
サルワカ　とっさの取り締まりに、踊り子の代わりに舞台に上がる女形がた〜。酔っぱらいの代わりに運転している気分だってこと。こっちは酔っぱらえないんだよ。
三、四代目出雲阿国　何の話をしてるの？
サルワカ　誇りの話さ。
三、四代目出雲阿国　どこ行くの？　穴籠りはやめてよ。

サルワカ、去る、追って三、四代目出雲阿国も去る。

山車のみ残る。

やっと人気《ひとけ》が無くなる。戸板の裏に隠れていた男たちが出てくる。それは、墓掘りたち。

腑《ふ》分《わ》けもの内臓が山車の中から現れて。

墓掘り膵臓《すいぞう》　旦那がお客で？
腑分けもの内臓　墓掘りか。
墓掘り脾臓《ひぞう》　合言葉を！
腑分けもの　人目に！
墓掘り膵臓　つかない！

腑分けもの　場所を！
墓掘り脾臓　選んでこそ！
腑分けもの　闇！
墓掘り膵臓　取引！
腑分けもの　なのに、なんでこんな人目だらけのところを選んだんだ。
墓掘り脾臓　まさか、今夜、河原で芝居がかかっているとは。
腑分けもの　もういい、早くブツをよこせ。

男たち、ブツと呼ばれた『死体』を戸板にのせて、そこに置く。
腑分けもの、死体を見て泣き崩れる。

墓掘り膵臓　え？　知り合いだったの？
腑分けもの　違う！　俺が、何十年もかけて貯めた金で、やっとやっと、手に入れた死体だ。
いとおしい、頬ずりしてえ。
墓掘り脾臓　そんな大金叩《はた》いて、なんでまた、わざわざこんな死体を。
腑分けもの　ただ、でっかいのが欲しかった、腑分けするシガイのある……死骸だ。
墓掘り膵臓　え？　腑分けに使うんですか？　こいつを。
腑分けもの　今はまだ腑分けは御法度。だが、いつか世の中の役に立つ時が来る。ターヘルアナトミア〜。
墓掘り脾臓　え？　なんですか？

腑分けもの　おい、死体。立て、立って世の中の役に立て！（死骸を立たせようとしながら）こいつ、横になりたがる。（死体はもちろん横になる）本当に弁慶は立ったまま死んだのか？

墓掘り脾臓　でも芝居小屋の中では、そう言っていますね。

腑分けもの　芝居小屋には、偽りの「死」しかない。だが「腑分け」は、真実の「死」にメスを入れる。たとえば、こいつ肝臓が草臥《くたび》れている。それで、やる気が感じられない。そのことから、肝臓に人間の『やる気』があることがわかる。

墓掘り脾臓　腑分けって、手相見みたいですね。

墓掘り膵臓　じゃあ、悲しみは、体のどこにあるんですかね。

腑分けもの　何？

墓掘り膵臓　あの、泣けてくる〜って気持ちはどの臓器からやってくるんですかね？

腑分けもの　お前たちは考えるな！　墓掘りは穴を掘っていりゃいいんだ。……（歌う）悲しみは体のどこからやってくるのかラーララーラララ、ボブ・ディラン〜。……くそ〜、歌になる。

墓掘り膵臓　じゃあ、あっしらもバレねえうちに、バレるとしよう。

墓掘り膵臓・脾臓、去る。

腑分けもの　（死体を背負おうとして）うん？　なんだ、この気持ち？　尿意だ。（歌う）このおしっこをしたい気持ちはどこからやってくるのか〜……歌になりません、しばし待てシカバネ、尿意を解放してくる。

腑分けもの、死体を置いたまま去る。

代わって、三、四代目出雲阿国とヤワハダの二人、芝居小屋より現れて、山車に荷物を積みこみながら。

死体に気が付かない。

ヤワハダ でも踊り子が肌を見せるのを躊躇《ためら》うようになったら終わりだってさ。
三、四代目出雲阿国 躊躇うのじゃない。ただ、それだけでいいのかなって思うと、股に手でブルーになっちゃうの。
ヤワハダ おくに姐《ねえ》さんは、肌を見せないで何を見せたいの？
三、四代目出雲阿国 わからないんだけど、この肌の下にあるものよ。
ヤワハダ 内臓？　はらわた？　ガッツ？　え？　ガッツを見せたいの。
三、四代目出雲阿国 違うわよ！　黙ってなバカ。
ヤワハダ じゃあなに。
三、四代目出雲阿国 この奥にあるものとこの肌との間くらいにあって、踊る時に私をぐわあっと衝き動かしているもの。そのぐわあっ！　の源。
ヤワハダ やっぱり、それガッツじゃないの？　でもあたし、そんなぐわあっ！　を考えて踊ったことない。
三、四代目出雲阿国 え？　ぐわあっ、ないの？
ヤワハダ ない。

三、四代目出雲阿国　じゃあなんで踊っているの？

ヤワハダ　目の前で見ている男のいやらしい目線が私の腰を動かす。それだけよ。

三、四代目出雲阿国　それじゃ、ただのストリッパーじゃない。

ヤワハダ　え？　違うの？　踊り子って。

三、四代目出雲阿国　私は、ストリッパーじゃない。三、四代目出雲阿国だ。（反射的に巻物を掲げている）母さん、いつか踊るよ、あのお城で。

ヤワハダ　なに、それ。

三、四代目出雲阿国　由緒正しき証よ。

ヤワハダ　でも初代出雲阿国だって、脱いでいたわけでしょう。

三、四代目出雲阿国　知らないよ、初代なんて、見たことも会ったこともないんだもの。

ヤワハダ　時がストリッパーを偉い人に変えるんだよ、でもストリッパーはストリッパーだよ。

三、四代目出雲阿国　じゃあ、伊豆の踊子を、伊豆のストリッパーと翻訳していいかって話なのよ、特急踊り子号を特急ストリッ……

ヤワハダ　いいんじゃない！

三、四代目出雲阿国　あたしは躊躇われるな。

万歳三唱太夫、奥から出てくる。

万歳三唱太夫　ほら、悩みは荷物にくるんで次の土地へ行くよ。それが踊り子のサダメ。明日の朝には、うわあ。

万歳三唱太夫、そこに掘られていた穴に落っこちる。
穴は深く、万歳三唱太夫の姿は見えなくなる、声のみ聞こえる。

万歳三唱太夫の声　おーい！
三、四代目出雲阿国　大丈夫？
万歳三唱太夫の声　あたしは今、穴に落ちるために出てきたの？
ヤワハダ　なんでこんなところに穴が……
三、四代目出雲阿国　ごめんなさい、また、弟だわ。（奥に向かって）サルワカ〜!!
万歳三唱太夫の声　どうしてあいつは行く先々で穴掘るんだ〜。
ヤワハダ　淋しがり屋だから？
三、四代目出雲阿国　今、弟を呼んできます。そのどん底からどうやって這い上がれるのか、淋しがり屋ならわかると思うから。
万歳三唱太夫の声　おまえの弟でなかったら、とっくにこの一座から追い出しているところだよ。
三、四代目出雲阿国　サルワカ〜！　早く来て〜！

三、四代目出雲阿国とヤワハダ、急いで、サルワカを呼びに、奥へ去ろうとして、初めて死体に気が付く。

二人　わ！

三、四代目出雲阿国　何これ……死んでるよね。

ヤワハダ　なんでこんなところで死んでいるんだろう。

万歳三唱太夫の声　どうしたの？　何かあったの。

反射的に、穴に蓋をする三、四代目出雲阿国。

ヤワハダ　なにしたの？

三、四代目出雲阿国　あたふたして、フタした、臭いものに。

ヤワハダ　え？　太夫は臭いものなの。

三、四代目出雲阿国　このことは、あたしたち以外の誰にも知られないほうがいい、本能的にそう思ったの。

ヤワハダ　その本能はどこから来たの？

三、四代目出雲阿国　弟が……あの子が……この死体と関係がある、私の本能がそう言っている。

ヤワハダ　動機は、淋しかったから？　そして、死体の始末に困って穴を掘った。

三、四代目出雲阿国　ヤワハダちゃん、墓場までもっていってね。

ヤワハダ　死体を？

三、四代目出雲阿国　この秘密をよ……とりあえずここから運ぼう。

ヤワハダ　秘密は墓場まで、死体はどこまで？

三、四代目出雲阿国　ここじゃないどこか。

三、四代目出雲阿国とヤワハダ、死体を運ぼうとする。

三、四代目出雲阿国　重い、重い！
ヤワハダ　なんでこんなに重いんだ!?
三、四代目出雲阿国　体に悪意が詰まっているんだ。

そこへ立小便から帰って来た、腑分けもの。

腑分けもの　（歌う）この世の終わりのようなあの尿意が、今はもう遠いところへ行ってしまった。どこから来て、どこへ行くのか？　（死体が移動したことに気がついて）え〜!?
二人　あ。
腑分けもの　うわあ。
三、四代目出雲阿国　うおー。
腑分けもの　どうやって移動したのかな、その、そこの、それ。
三、四代目出雲阿国　あ、この人ですか？
腑分けもの　ええ。
三、四代目出雲阿国　（死体を強引に座らせて）大丈夫です！
ヤワハダ　この人、なんか、急に気分が悪くなっちゃったみたいで。

三、四代目出雲阿国　（死体に）どうする？　吐く？　吐いちゃう？
ヤワハダ　あなたは、何故ここに？
腑分けもの　え？
三、四代目出雲阿国　まさか、この死んでる……みたいに酔っぱらったこの人の知り合い？
腑分けもの　滅相もない、お友達、酔っぱらってるんですか？
三、四代目出雲阿国　ほらあ、こんなに酔っぱらってたら、死人と間違えられて腑分けにされちゃうよ。
腑分けもの　うわあ〜！　腑分けとか、勝手にやっちゃダメでしょ。
ヤワハダ　そうね、腑分けもハンバーグの公認がないとね、勝手にやったら、捕まって、逆に腑分けにされちゃうらしいね。
腑分けもの　え？　そうなの？……あの、その方、順調に息をしてらっしゃるんですか？
三、四代目出雲阿国　うなだれてるけど、生き生きしているでしょう？
腑分けもの　（独白）生き返ったのか、不良品をつかまされたのか、（聞こえてしまう）なけなしの金で買ったのに！
ヤワハダ　買った？
腑分けもの　え？
ヤワハダ　あんた、人買い？　本当の山椒大夫。
腑分けもの　違う、でもなんで。
ヤワハダ　うちの座長、昔、吉原で太夫していたけど売れなくて、男に指名されると、嬉しさのあまり万歳三唱していたの、それで万歳三唱太夫っていうの。

三、四代目出雲阿国　その話、今必要？
ヤワハダ　ああ、まあ。
三、四代目出雲阿国　（ヤワハダだけに）とりあえず、中に。
ヤワハダ　（三、四代目出雲阿国だけに）かえってばれない？
三、四代目出雲阿国　（ヤワハダだけに）小道具置き場に明日の朝まで、それからそっと川に投げ込もう。
ヤワハダ　（三、四代目出雲阿国だけに）でも、川だと浮かび上がっちゃうよ、罪と一緒に。
三、四代目出雲阿国　（ヤワハダだけに）もともと、溺死体みたいな風体《ふうてい》だから大丈夫。
腑分けもの　え？　え？　それ、持って行っちゃうんですか？
三、四代目出雲阿国　あたりまえでしょう、友人が泥酔してるのよ。
腑分けもの　あいつをバラバラにする権利は俺にあるんだ。生き返ったとはいえみすみす離れたくない!!……お願いがあります。
三、四代目出雲阿国　何か御用？
腑分けもの　私を、この一座にお加えください！

三、四代目出雲阿国とヤワハダ、奥へ去る。
追って、ものすごい速さで腑分けものも中へ。
入れ替わりで、淋しがり屋サルワカが姿を見せる。

サルワカ　サルワカ、サルワカって何の用だ、姉ちゃん？

穴の蓋がゴトゴトいう。

サルワカ　しまった、また穴を掘っているのがばれちゃったか。

仕方ないので、蓋を開ける。
すると穴の中から、大量の浪人姿の男たちが、這《ほ》う這《ほ》うの体《てい》で逃げ出てくる。その中に、浪人・戯《たわ》けもの。

浪人・戯けもの　時はまだ青い、熟するのを待て。いつの日か変わる。
浪人・ナマケもの　変わりますか？
戯けもの　ああ、カワルサ。
浪人一同　カワルサ！

そういうと三々五々、逃げ去る。
浪人・戯けものも去ろうとすると、

サルワカ　あのう。
戯けもの　え？
万歳三唱太夫の声　誰だったの、あんたたち〜？　どうやって、上に上がったの？　私も上の会話に混ぜておく〜ぐわっ。

サルワカ、うるさいので蓋をしてしまう。

サルワカ　間違えていたらごめんなさい、あなた、地球の反対側から来た方ですか？
戯けもの　え？　何？
サルワカ　あなたは、地球の反対側から来たの？
戯けもの　あ？　え？
サルワカ　地球の反対側人？
戯けもの　あ、ああ、そうだ、そんなところだ。
サルワカ　やっぱり、母さんが言っていた通りだ。いやあ、そうか、ようこそ、地球の反対側へ。
戯けもの　なんで、わしが地球の反対側から来たと分かったんだ？
サルワカ　だってお侍さん、さっき、みんなに「カワルサ」って呼ばれてたでしょう。
戯けもの　ああ、皆そう言いながら散っていった。
サルワカ　ピンときたんです。
戯けもの　なにが。
サルワカ　カワルサでしょ？　僕の名前は全くその反対です。
戯けもの　なに。
サルワカ　猿若っていうんです。

戯けもの　カワルサの反対？

サルワカ　サルワカ。

戯けもの　じゃあ君は、変わらないってことだね。

サルワカ　そういうことになるんですかね。でも、もう僕、変わっても変わらなくてもいいです。ついに会えたんだから。

戯けもの　そうか、そのお前の、なんていうんだ？　地球の反対側への思いみたいのを詳しく聞かせてくれ。

サルワカ　いわば、宇宙人と遭遇したと言い張る現代人のようなものです。

戯けもの　さらにわかりにくくなったね。

サルワカ　実は……僕にとっても多分、地球の反対側が祖国なんです。踊り子だった母が死ぬ直前に、幼《いと》けなき姉と僕によく言っていたそうです。『舞台に立つものは、この世で一番遠いところへ逃げなさい』と。

戯けもの　幼けない頃って？

サルワカ　一歳と三か月。

戯けもの　よく覚えているね。

サルワカ　いいえ、姉からの受け売りです、母への思い出はすべて、姉から受け売られた記憶なんです。で、以来僕は、この世で『一番遠いところ』を考え続けました。そしてある日、あ、地球の反対側じゃんって気がついたんです。

戯けもの　江戸時代の人間が？

サルワカ　それで僕は、どんな時もどこへ行っても、地球の反対側に向かって穴を掘り始めました。母恋しさで、掘って掘って掘りまくりました。でも旅芸人の一座の悲しさ、掘っている半ばで、いつもいずこかへ旅立ちます。ちゃらです。それでもまた次の土地で僕は掘り始めました。掘って掘って掘っている手の先が、いつかこうやって向こうから掘っている人の指の先と触れることができるんだって、そう信じて、でもね、でもね、僕は馬鹿じゃなかった。そのうち、そんなことあるはずがないって理解したんです。でもね、でもね、大人の理解と幼けなき者の思い込みはそれこそ真反対にあって、例えば『サンタクロースなんかいない……でもやっぱりいるんだ！』みたいに、『真下に掘れば地球の反対側へ行けるんだ！』幼けなき思い込みは、あきらめきれない。それで、ついつい毎日穴を掘っていた、そこへ、ついに地球の反対側人が（咽《むせ》び泣く）……いままで笑われてきたけれど、母の薫陶は正しく、僕の頑迷さも間違いではありませんでした。

ピー、ピーと呼び子の音が穴の中から聞こえる。

戯けもの　君、自分がやってきた祖国の話を聞きたいだろう。
サルワカ　もちろん。
戯けもの　だったら、この芝居小屋の中に俺をかくまっちゃあくれねえか。
サルワカ　ええ、こちらからお願いするつもりでした。
戯けもの　ただし、俺が、地球の反対側から来たってことは、誰にも言っちゃあならねえよ。
俺は、そこからの逃亡者だから。
サルワカ　そんなことだろうと思ってました。その慌てふためきようは。

呼び子の笛ふたたび。

戯けもの　さあ、こっそり俺をこの一座に加えろ！（勝手に中へ入っていく）

サルワカ　（追いかけながら）地球の反対側人って、僕の思い込みでは赤い服を着てひげをのばしていてみなトナカイに乗っている……

穴の中から、伊達の十役人（二役人目、御縄田奮縛助兵衛《おなわだふんじばるのすけべえ》）手下を、三人連れて現れる。

万歳三唱太夫、やっと穴から顔を出し、手を出す。その手を引っ張ってやる伊達の十役人。

万歳三唱太夫　今日は、もうこのまま穴の中でしゃべり続けさせられるのかと冷や冷やしておりました、お手をお貸しくださりありがとうございました。

伊達の十役人・御縄田奮縛助兵衛　だが、この貸した手は、おまえをふんじばるための手だ。

万歳三唱太夫　え？

御縄田奮縛助兵衛　われこそが伊達の十役人が二人目、御縄田奮縛助兵衛。

万歳三唱太夫　どういうことです？

御縄田奮縛助兵衛　今、この穴から出てきたやつらは、みな脱獄囚だ。

万歳三唱太夫　あいつら牢破りだったの？

御縄田奮縛助兵衛　おまえもその脱獄囚だろう！

万歳三唱太夫　（お縄をかけられそうになる）いいえ、違います！　あたしは、ただのぼんやりとした、うかつな女でうっかり穴に落ちたまで、寧《むし》ろ私を、たった今、穴から掻き出された土塊《つちくれ》と呼んでいただければ幸いです。
御縄田奮縛助兵衛　え？　そいつが何をしたんです？
万歳三唱太夫　土塊！　ならば知っているはず、ここでこの穴を掘った奴が誰か？
御縄田奮縛助兵衛　丁度、牢屋の真下まで穴を掘り進めてきた、すなわち、脱獄囚の手引きをしたのだ。
万歳三唱太夫　そんなひどい奴、あたし知りません。
御縄田奮縛助兵衛　しかもその脱獄囚達こそ。
万歳三唱太夫　誰なんです？
御縄田奮縛助兵衛　失敗にこそ終わったが、あの由比正雪《ゆいしょうせつ》の乱のその生き残りだ。
万歳三唱太夫　なんですか、それ。
御縄田奮縛助兵衛　幕府転覆をはかった浪人どもの残党だ。ひとたびひっとらえて、牢屋にまとめてひとザルいくらＡＫＢみたいな感じで閉じ込めていたのだが……
万歳三唱太夫　その由比正雪っていうのも逃げたんですか？
御縄田奮縛助兵衛　いいや、由比正雪はすでに、捕らえられ死んだ。ところが、その死体が盗まれた。
万歳三唱太夫　由比正雪の死体が盗まれた？
御縄田奮縛助兵衛　河原にさらすはずだったのが。
万歳三唱太夫　死体なんか盗んでも、買うバカもいないだろうし、ねえ。
御縄田奮縛助兵衛　おまけにその残党どもの脱獄騒ぎだ、何かが起こる、上司に叱られる〜。

万歳三唱太夫　（もはや、飲み屋のおかみだ）すまじきものは宮仕えだねえ。
御縄田奮縛助兵衛　（すっかりうちとけている）はっ！　なんで、おめえなんかに、べらべらべらべらしゃべっているんだ？
万歳三唱太夫　あたし、聞き上手なの。
御縄田奮縛助兵衛　他言は無用ぞ。
木っ端役人　足跡です！
御縄田奮縛助兵衛　やましい奴らは足跡を残すもの。どっちを向いている。
木っ端役人　（花道を指して）あちらです。
御縄田奮縛助兵衛　うん、もしもこの穴を掘って手助けした奴を見つけたら、そいつの縁者親戚友人知人、職場の上司、残らず首を切るからな。
万歳三唱太夫　職場の上司まで？
御縄田奮縛助兵衛　『上下関係を大切にしましょう』幕府広報より。

伊達の十役人、花道を去る。

万歳三唱太夫　私はその職場の上司に該当するのだろうか？……首切られる〜！

万歳三唱太夫、一目散で奥へ。
誰もいなくなる。
奥で怒り狂っている、万歳三唱太夫の声が聞こえる。

幽霊が出てくるような、よくあるあの音が、聞こえてくる。

そして、芝居小屋の中に運ばれていったはずの、あの「死体」が、穴から現れる。自立した「死体」となる。

つまり、やっぱり「幽霊」か？

芝居小屋の中に入っていく。

盆が回る。

一座の人間たち、ただならぬ万歳三唱太夫の怒りに、びびりまくった感じで正座をしている。

万歳三唱太夫　あたしは人生で今一番怒っているんだ！
三、四代目出雲阿国　誰に？
万歳三唱太夫　お前の弟にだ。

目線が、サルワカに集まる。

万歳三唱太夫が、サルワカにゆっくりとのっそりと近づく。

サルワカ、気がつかず、夢中で戯けものに話しかけている。

サルワカ　プレゼントはやっぱり、一年間保管しているものなんですか？　赤い鼻のトナカイ以外にもどんな動物が地球の反対側に。
戯けもの　人前でその話題は避けてくれ。
サルワカ　あ、そうですね。（口を押さえる）でもしゃべりたい、あ！（万歳三唱太夫に気がつく）

三、四代目出雲阿国　弟は、夢見がちの癖に喧嘩っ早くて淋しがり屋で。

万歳三唱太夫　そんな甘ったるい話じゃないよ!!　いい？　この淋しがり屋が要らぬ喧嘩売って、この土地を離れる羽目になったと思ったら、掘った穴に私が落っこちて、大勢に踏み台にされて、やっと這い上がってきたと思ったら、お縄にかかりそうになった挙句、土塊と呼ばれる職場の上司となり、打ち首にされる可能性もいまだ否定できない、それが私の現在の立ち位置です。

戯けもの　確かに人生のどん底だ。

腑分けもの　ひでえもんだ。

万歳三唱太夫　あれ？　私が穴に落ちている間に、一座の人間が増えていないかい？

腑分けもの　すごい勢いで地球は人口が増加していますからね。

万歳三唱太夫　だれ、こいつ。

三、四代目出雲阿国　あたしの友人です。（腑分けものを指して）並々ならぬ情熱とダッシュで一座に入りたがっているんです。

万歳三唱太夫　誰？

腑分けもの　腑分けもの内臓です。

戯けもの　え？　腑分けもの？　俺は戯けものだ。

サルワカ　腑分けもの、戯けもの、どっちも、獣《けもの》だ！

戯けもの　アウトローか、アウトローか！　アウトローかあ!!!

万歳三唱太夫　あれ？（戯けものを見つけて）お前も見たことがないね。

サルワカ　この人はカワルサさん。地球の反対側……あ、いや。

戯けもの　あ、私は、（サルワカを指して）こいつの友人で、戯けものカワルサと申します、ゆえあって浪人の身分、この一座に御厄介になろうかと……

万歳三唱太夫　（サルワカを指して）こいつの友人なのに？

戯けもの　はい？

万歳三唱太夫　こんな時にもっとも、間の悪い友人だよね。

戯けもの　そんな感じもします。

万歳三唱太夫　あんたのお友達は、今日をもって一座からいなくなります。

サルワカ　え？　どういうことです？

三、四代目出雲阿国　ここから消えろってこと？

サルワカ　僕、一座から追放ですか？

三、四代目出雲阿国　そんなことになったら、この子、野垂れ死にます。

サルワカ　はい、僕、野垂れ死にます。自慢じゃないですが、僕には、生活力がありません。レオ・レオニ的に言えば、僕はフレデリックなのです。

万歳三唱太夫　だから言っているのさ。（派手な目配せ）

万歳三唱太夫に目配せをされた一座の数名が、サルワカを小屋から引きずり出して、外へ放り出そうとする。

万歳三唱太夫　ほら、野垂れ死ぬがいい！

サルワカ　（半泣き）助けてください、ここへ置いてください。

戯けもの　あいつが捨てられたら、友人の私はどうなるんです。
腑分けもの　だからね、友人の選び方はとっても大事なんだよ。俺なんか、（三、四代目出雲阿国を指して）あの人だからね。一生安泰だよ。
三、四代目出雲阿国　弟を追い出すのならば、姉の私も追い出して下さい！
腑分けもの　え～!?
万歳三唱太夫　冗談じゃない、看板踊り子のあんたにやめられちゃあ困るよ！……って、あたしがいつものように言うと思ったら大間違いだよ、一緒に出ていきな！
一同　え～!?
ヤワハダ　でも太夫、おくに姐さんが脱がなきゃ、客は来ないよ。
万歳三唱太夫　ヤワハダだって、ずいぶんと人気が出てきているんだ。
ヤワハダ　え？　あたしが、看板踊り子……？　きゃあ～！　四、五代目出雲阿国？　どうしよう？　そんなことになったら。
三、四代目出雲阿国　お化けは、足元がぼんやりと消えているから、身長を測るのが難しいです。
ヤワハダ　……おくに姐さん、気は確か？　何の話をしているの？
三、四代目出雲阿国　そういったのは、四歳にも満たない弟でした。『だから、おばけの長さは、髪の毛の長さで決まるんだよ』そう幼くして言い切った弟を私はすごいと思いました。この子は、お話の天才でしょう？　ね？　ね？
ヤワハダ　あの、そういう言葉があるかどうか知らないけど、姉バカですか？
三、四代目出雲阿国　そう、あたしは姉バカなのよ。万歳三唱太夫さま、今夜たった一度でいい、この子に、カブキの「筋」を書かせてはもらえませんか？

万歳三唱太夫　「筋」？

三、四代目出雲阿国　お話です。ずっとずっと、それをあたし思っていました。男たちの尽きることのない裸への欲望を目の当たりにしながら、こちらはひんやりと脱ぎながら、「肌」より他にこいつらを喜ばせるものはないのか？　私のはらわたが、ガッツが、ぐわあっと叫んでいる。その見えざる「はらわた」と見せる「肌」その間にあるもの、そこをつなぐもの、それは……

腑分けもの　筋肉だね、つまり「筋」だね……うん。

三、四代目出雲阿国　「筋」。そう、さっき、この腑分けものさんが、こっそり教えてくれました。サルワカ、追放される前に「筋」をお書き、物語を。そうすれば、絶滅に瀕している女カブキが蘇るかもしれない。お前が、「筋」を書いてくれるならば、あたしひと肌脱ぐよ。どうですか？　もう一度、出雲阿国座が、初代が始めたころのように生き返ります。私の最後の勘に賭けてください。一晩で弟は書いてみせます。

サルワカ　え？　え？　一晩では無理だよ。

三、四代目出雲阿国　黙っていて、野垂れ死にたいの？　外は寒いよ！　万歳三唱太夫様、一晩でいい、いいえ、一週間でいい。

万歳三唱太夫　増えてるじゃないか。

三、四代目出雲阿国　お願いです、一週間、いえ十日それ以上の猶予は申しません。

戯けもの　私からもお願い申し上げます。

腑分けもの　私からもお願い申し上げます。

幽霊　だったら、私からもお願い申し上げます。
一同　え？

自立した死体＝幽霊が、ついに喋る。
間。

自立した死体　何で生きているの？　って、俺、生きてちゃダメですか、っていうか、初対面の人間に失礼です。
三、四代目出雲阿国　え？　え？　なんで？　なんで生きているの。
自立した死体　それはあれですか？　だらしなく酒場の隅で酔いつぶれていた人間が、突然明け方近くに、ガバッと起きて俄然復活、『がばがば飲めるわ、俺、生き返ったわあ』的な？
三、四代目出雲阿国　いや、あのそうじゃなくて、生き返ったってこと？
三、四代目出雲阿国　いえ、いいです……（独白）そうね、酔いつぶれていた時のことなんか、誰も覚えているわけないもの……ていうか、あいつ酔いつぶれていたんじゃない、死んでいたんだよ。（自立した死体に向き直って）なんなのあんた!?
自立した死体　おい、なんで生きているの？　の次は、なんなのあんた？　かよ。
サルワカ　でも、みんなの疑問だ、なんなの、あんた？
自立した死体　私は売れない幽霊小説家です。よく覚えておいてね。『売れない』幽霊小説家。
ヤワハダ　なに、幽霊小説家って。
自立した死体転じて、幽霊小説家　面白い幽霊の小説を書いている小説家です。

ヤワハダ　面白いのになぜ売れないの？
幽霊小説家　私にだけ面白かったからです。だから売れませんでした。でも、売れなかったから今はもうわかるんです、大衆の心が……サルワカ、君は書けるよ。大衆の心をつかむものを。
サルワカ　え？　僕のことを知っているの？
幽霊小説家　君のことは知らない。わしが知っているのは、大衆さ。でもこのタイシュウは、体の方だよ、生きている人間からぷんぷんと匂ってくる体臭、「死」の匂いさ。
ヤワハダ　（三、四代目出雲阿国にだけ）おくに姐さん、あたしもっとうろたえていいのかしら。
三、四代目出雲阿国　（ヤワハダにだけ）死体が生き返ったんだもの、落ち着こう。そして、喜ぼう、あの子は無実だった。誰も知らない、あれがかつて死体だったこと。
戯けもの　（独白）誰も知らない、由比正雪殿だ、生きていたんだ。
腑分けもの　（独白）誰も知らない、俺が買ったんだ、あの死体、いや、あの肉体。俺のものだ。

盆がゆっくり、ゆっくりと回る。
その夜。

ヤワハダ　太夫、さっき私に話してくれた、あれ、本当ですか？
万歳三唱太夫　あれって？
ヤワハダ　わたしでも看板踊り子になれるって話。

万歳三唱太夫　時が熟せばね。
ヤワハダ　はい。柿が熟せば、ですね。

代わって、戯けものと幽霊小説家。

戯けもの　ご無事でいらっしゃいましたか？　てっきり死んでしまったのかと、由比正雪殿！
幽霊小説家　え？　何？　誰？
戯けもの　(周りを気にして) あ、いや、もちろん、その名で呼ばれること、人前では憚《はばか》られる、だが芝居小屋とはうまい隠れ家を。
幽霊小説家　何か、人違いをしてないですか？
戯けもの　はい、はい、売れない幽霊小説家さん、その暗号、しかとうけとりました。
幽霊小説家　え？　とにかく、君が思っている人じゃないよ。
戯けもの　柿が熟すまで待ちましょう、この一座で……カワルサ!!
幽霊小説家　え？　何？　何？　何？

戯けもの、去る。
代わって、腑分けものが幽霊小説家に。

腑分けもの　死体！
幽霊小説家　え？　したい？　どんな欲望。

腑分けもの　私は、お前の体をひとたび手に入れかけた男だ。
幽霊小説家　え？　俺の体に手を入れられかけた？　いつ？　いつ？
腑分けもの　ま、君が眠りについていた時とでも言っておこう。
幽霊小説家　うかうか眠ってもいられないのか。ここでは。
腑分けもの　ただ告白しておく、君は僕のもの。
幽霊小説家　なんて赤裸々な。
腑分けもの　その赤裸々をいつかいただくよ、柿が熟せば。
幽霊小説家　いつか落ちるよ。

盆が回りきる。その深夜。
サルワカ、机に向かって「筋」を書いては、ためらって、思いつこうと、悶々とし、また書いている姿。だが、やがて書くのをやめて挙動不審になり、例の「穴」が気になる。立ち上がった瞬間、三、四代目出雲阿国が入ってくる。
部屋の隅には、死んだように幽霊小説家がいる。

サルワカ　うわ。
三、四代目出雲阿国　何、いまの不審な行動。
サルワカ　え？　何もしていない何も。
三、四代目出雲阿国　穴を掘ろうとしていたでしょう。
サルワカ　違うよ、考えていただけだ。

三、四代目出雲阿国　何を。
サルワカ　穴のこと。
三、四代目出雲阿国　やっぱり穴じゃない。
サルワカ　でも、穴って、どの部分を穴って呼ぶんだ？　穴を掘るまではそこに何かがあるけれど、穴を掘り終わると、そこには何もない。その何もないところを穴と呼んでいるのか。それともその周辺部分の形状を穴と……
三、四代目出雲阿国　やめて。台本もできていないのに数独に逃げている作家みたいな真似。今はひたすら「筋」を書いて。
サルワカ　ほら。（机の上の「筋」らしいものを示して）
三、四代目出雲阿国　なに。
サルワカ　一応書くには書いたんだけど、いざとなるとプレッシャーなんだろうか、うまい「筋」が出てこないんだ。
三、四代目出雲阿国　それでいいから、読ませて。
サルワカ　（黙って差し出す）……
三、四代目出雲阿国　（黙って読む）……
サルワカ　どう？
三、四代目出雲阿国　どうもこうも。
サルワカ　どうもこうも、どう？
三、四代目出雲阿国　声にして読むよ。
サルワカ　ああ。

三、四代目出雲阿国　その昔、この世は『無限』でした。だから、この世にあるすべてのものが『無限』でした。もちろん、神様のイノチは無限に続きましたし、冬という季節があれば、終わることなく冬が続きました。数字の0.999……は、いつまでも0.999999……と無限に続いて、決して1になることがありませんでした。もちろんこの世の争いだって無限に続いておりました。そこに、足跡姫という女神が現れたのです。そして足跡姫は、その『無限』を足蹴にしました。『無限』は死にました。この世の『無限』が終わりました。無限に続くと思われた冬が終わり春が来ました。無限に続いていた0.9999……も突然『1』になりました。生命《いのち》の誕生です。『無限』に続かない『終わりのある生命《いのち》』が誕生したのです。こうして生命《いのち》は終わるようになりました。終わり。

サルワカ　……だめだよね。

三、四代目出雲阿国　だめだね、誰もわかってくれないと思う。

サルワカ　そうだろうな、江戸時代だものな。俺、生まれるのが四百年くらい早すぎたのかもしれない。

三、四代目出雲阿国　いや、四百年後も、だめだと思うよ。この手の話は。

サルワカ　俺、穴に入りたい。

三、四代目出雲阿国　でもサルワカ、私は、大好きだよこの話、『お化けの身長は、髪の毛の長さだ』って言った時くらい好きだよ。同じ母のお腹から生まれた生き物だからね。私にはわかる。私は好きだ。だけど、芝居小屋では誰もがきっと、この話をわからないっていうでしょう。あなたがなんで穴を掘っているのかわからないくらいわからないって。でも、私だけがお前の一番の客だよ。お前のお話のファンだよ。

サルワカ　わかった。きっと、僕には人々を、大向こうを満足させるものは書けない、十日たっても書けやしない。だから明日の朝、ここを出ていく。おやすみ。

サルワカ、ゴロンと横になる、あっという間に眠る。

三、四代目出雲阿国　あたしも、一緒に出ていくよ。安寿と厨子王の悲劇は、一緒に逃げなかったから起こったのだもの。

三、四代目出雲阿国、部屋から外へ出ていく。

サルワカ　（寝言）言葉が来るんだ。夜になると、言葉が来る。

幽霊小説家が、立ち上がり、サルワカの机のそばに来る。
サルワカが書いた『足跡姫』を読む。
ため息をつく。

幽霊小説家　一言いいですか……君にはゴーストライターが必要だ。

言うなり、一心不乱に書き直す。
書き終わる。

徹夜明けで疲労した作家の姿。
朝の小鳥の声がする。

幽霊小説家　雪鶲《ゆきひわ》が鳴いている。あいつが鳴くと嵐が来ると人の言う。

そこで再び死んだように眠る。
はっと目を覚ますサルワカ。
机の上の原稿を読んで驚く。

サルワカ　誰が書き直したんだ?……『おさかなくわえたどら猫を追いかけて、裸でかけて行く陽気な仁左衛門』。

幽霊小説家に気が付く。

サルワカ　これ、君が書き直したのか?
幽霊小説家　まあ、売れないとはいえ、幽霊小説家だから。
サルワカ　あ、ゴーストライターか。
幽霊小説家　プロの目から見た、アドバイス的な添削をしておきました。
サルワカ　添削って、これはその類《たぐい》じゃない、全部書き直してある。(まるまる、別の原稿がそこにある)別の作品になってる。

幽霊小説家　『足跡姫』、君の志は高かった、でもタイシュウが感じられない、あ、体の匂いの方ね。つまり匂ってこないんだ、だから、僕が、どら猫にお魚をくわえさせて、裸の仁左衛門に追いかけさせた。

サルワカ　（元の原稿を手に）元の作品の方は一字も添削されていない。

幽霊小説家　いや、よく見ろ。元の方も少しだけいじっている。二文字だけ。

サルワカ　どこ？

幽霊小説家　注意力がないな君は。

サルワカ　あ、ほんとだ。足跡姫という女神が、足跡姫という幽霊に変わっている。

幽霊小説家　そう、足跡姫は女神であるよりも、幽霊であったほうがいいね。大衆は、神様よりも幽霊が好きだ。

サルワカ　でも、直すべきところはそこだけ？　他にはなかったのかい？

幽霊小説家　直す気になれたのがそこだけだった。読んでいるうちに、これはダメだ、こりゃひどいって、全部おれが書き直したほうが早い、そう思って、まったくもって頭から書き直した。

サルワカ　でも、こんなのでいいのかい？

幽霊小説家　こんなの？　って言ったよね。

サルワカ　いや、でも、書き出しがあまりにも。

幽霊小説家　大向こうが喜ぶ書き出しだ。『おさかなくわえたどら猫を追いかけて、裸でかけて行く陽気な仁左衛門』日曜日の夕方あたりの銭湯、タイシュウヨクジョウの匂いがするだろう、あ、タイシュウは、体の方の体臭ね、しかも欲情する方の欲情ね。体臭欲情。

サルワカ　でもこれじゃどこにも僕が書いた足跡姫への思いが入ってないじゃないですか。

幽霊小説家　注意力がないな。

サルワカ　え？　どこ？　どこに僕の足跡姫が？

幽霊小説家　根気もないな。

サルワカ　うーん、わからない。

幽霊小説家　あきらめも早い。作家としての根本的な資質がすべてない。いいか、この陽気な仁左衛門は誰？

サルワカ　誰って、知りませんよ。

幽霊小説家　想像力もないのか？　土左衛門じゃないぞ、仁左衛門だぞ。

サルワカ　陽気な仁左衛門……

幽霊小説家　一応言っておくが、ドラえもんでもない、さあ、この陽気な仁左衛門は誰？

サルワカ　仁左衛門は……

幽霊小説家　幽霊だよ。

サルワカ　幽霊？

幽霊小説家　お前の足跡姫も幽霊だっただろう？

サルワカ　いや、あれはあなたが書き直したんでしょう、そこだけ。

幽霊小説家　だから、俺が書き直した足跡姫も幽霊だっただろう？

サルワカ　はい。

幽霊小説家　そして、この仁左衛門も幽霊。

サルワカ　なんでそんなに何もかも幽霊にしてしまうんだ。

幽霊小説家　わからないかな、俺はこれからお前の正真正銘、ゴーストライターになる決意をしたんだ。お前が何かを書け、俺が全部幽霊の話に書き直してやる。
サルワカ　じゃあ僕が書く必要ないじゃないか。
幽霊小説家　俺の名前で書くと売れないんだよ。だから、今頃、こんな身になって、でも大衆の心が……
サルワカ　わかりましたよ、もうその話は。

ずかずかっと、三、四代目出雲阿国が入ってくる。
ぺらぺらと、サルワカ版と幽霊小説家版の二つの『足跡姫』を読み比べる。

三、四代目出雲阿国　あっという間に書き直せたじゃない。みんな来て、読んで、弟が、サルワカが書いたの。この『足跡姫』を。

次々に一座のものが奥からやってきて、二つの『足跡姫』を読み比べる。

座員半分の一　お城の中のお話だよ、この『足跡姫』。
座員半分の二　出だしがいいよ、ほら。
座員半分の三　裸でかけて行く陽気な仁左衛門。

口々に、「おさかなくわえた……」の方の足跡姫を絶賛している。あるいは、大笑い。そして、感動して泣いたりさえしている。

サルワカ　信じられない。

幽霊小説家　タイシュウって不思議な匂いがするだろう？

サルワカ　不思議だ。

幽霊小説家　大衆は低きに流れていく。あ、このタイシュウも体の方のね。

サルワカ　低きって？

幽霊小説家　下種《げす》なもの、つまり面白いほうにさ。

サルワカ　でも僕には、こんな裸でかけて行く陽気な仁左衛門を少しも面白く思えない。

幽霊小説家　お前がどう思うかなんて聞いていない。ただ、野垂れ死にたくはないんだろう？

奥から最後に、万歳三唱太夫が出てきてぺらぺらっと読んで、サルワカ版『足跡姫』はぽいと捨て、幽霊小説家版『足跡姫』を手にする。

サルワカ　え？

万歳三唱太夫　この「筋」でいくよ！

山車が現われて、旅芸人一座が新しい土地へ行く姿となる。
たくさんの幟《のぼり》「三、四代目出雲阿国一座」が立てられる。
チンドン屋のように、鉦《かね》太鼓をたたいて、新しい土地での芝居小屋、外での呼び込みが、始まる。

万歳三唱太夫　みな様おなじみの三、四代目出雲阿国の一座が、またまたご当地へ盛大に、こっそりとやって参りました。このたびは、あのいつものアクシデントが起こるハダケ踊りに加えての新趣向、ちょっとした「筋」なるものがございます。作者は、新進キエ〜!!　淋しがり屋サルワカ、踊り子はもちろん、三、四代目出雲阿国他、豪華キャストリップ。題して『足跡姫』のはじまり、はじまり〜。

幕が開く。
そこは、江戸城内の場面。そこで江戸風舞踏会が催されている。
その舞踏会の中から、伊達の十役人の三役人目、役人役役者《やくにんやくやくしゃ》スケベエが現れる。

伊達の十役人・役人役役者スケベエ　時は江戸、場所は江戸城、長い長い戦国の世も終わり太平の世、今日も平和〜、おさかなくわえたどら猫を追いかけて、裸でかけて行く陽気な仁左衛門。

幽霊小説家・陽気な仁左衛門　(腰にタオルを巻いているだけで) 待て、待て〜、かつお武士〜!　また、あんたなの〜。(ただ舞台を通るだけ)

笑い袋のような観客の笑い声。

万歳三唱太夫　つかみは、ＯＫよ〜!!

役人役役者スケベエ　さて私、江戸城内の役人を演じます、伊達の十役人が三役人目、役人役役者タダノスケベエでございます。ゆえに、事務的に芝居を進行いたします。（違う方向に）まずは江戸城内の武士、道半《みちなか》ば左衛門《さえもん》役を務めますのは、戯けものカワルサ！

戯けものが演じる道半ば左衛門　（演じて）しかしながら、江戸城内で舞踏会とは、またなにゆえに。

役人役役者スケベエ　オランダからやってきた蘭方医のウエルカムパーテーにございます。（客に）その蘭方医、シボルト・シルガデール役には腑分けもの内臓！　そして、三代将軍、いや四代……三、四代将軍イエ……ナントカ様を演じますのは〜。（目くばせ）

幽霊小説家　え？　俺？

役人役役者スケベエ　人がいない。

幽霊小説家　でも俺こんな格好だよ……

役人役役者スケベエ　三、四代将軍、イエナントカ様！

幽霊小説家　余を呼ぶ声がする！　雪鷚が鳴いている。あいつが鳴くと嵐が来ると人の言う。

そういうと、幽霊小説家、奥の御簾《みす》の中へ。
同時に、一頭の暴れ馬が実にリアルな姿で現れて、舞踏会を蹴散らす。
踊っていた女たち、逃げまどいながら、

踊り子アネゴハダ　馬が暴れだした！　暴れ馬だ！

役人役役者スケベエ　（暴れ馬を紹介して）暴れ馬です。
踊り子トリハダ　暴れ馬だあ!!!
役人役役者スケベエ　暴れているね、暴れ馬だから。
踊り子サメハダ　暴れ馬を何とかして!!
道半ば左衛門　（木刀で、馬の頭を一撃で撲殺、馬倒れる）
踊り子アネゴハダ　おとなしくなった。
役人役役者スケベエ　おとなしくなったね、おとなしい馬だったから。
踊り子トリハダ　どっちだったの？　おとなしい馬が暴れたの？　それとも暴れ馬がおとなしくなったの？
腑分けものが演じるシボルト・シルガデール　その疑問、この蘭方医、シボルト・シルガデールにお任せあれいっ！
道半ば左衛門　おとなしい暴れ馬を奥へ運べ。

死んだ暴れ馬を大布で隠して、奥へ連れていく。

シボルト・シルガデール　これより、あの馬を腑分けして、あいつの『暴れる心』が体のどこらあたりに宿っていたのか調べて進ぜましょう。

そういうと、腑分けものは大布の後ろに隠れて、馬の腑分けをする。声や音が聞こえて、すぐに、腑分けもの再び現われ。

シボルト・シルガデール　ま、大体の見当はつきました。
道半ば左衛門　え？　どこにあるんです？　暴れる心は。
シボルト・シルガデール　暴れ骨のあたりだ。またの名を反骨。そこに暴れたい心が宿る。
道半ば左衛門　反骨心ですね。
役人役役者スケベエ　僕はない。君持ってる？
道半ば左衛門　昔、浪人やっていた頃は、もう、その反骨心に満ち満ちていました。なんつーか、この世のすべてが気に入らなくて、箸が転げるのを見るだけで、てめえら、この世で息なんかしてる場合じゃねえ、暴れてやる、江戸じゅうで暴れまくってやるって。
役人役役者スケベエ　浪人のお仕事は、暴れる関係の仕事なんですね。
シボルト・シルガデールの助手・足酢《あしす》　見つかりました!!
シボルト・シルガデール　おお、アシスとタント、反骨を見つけたか。
シボルト・シルガデールの助手・痰人《たんと》　これです!!

大布の前に出てきて、馬の「反骨」を見せる。それは、「日本刀」。

シボルト・シルガデール　危ないよ、反骨。切れるからね。きれきれだからね。
道半ば左衛門　この反骨は、人間の体の中にもあるものなんですかね。
シボルト・シルガデール　あるかもね、とくにアルカポネには、反骨、あったカポネ。
役人役役者スケベエ　では人間の体に、この反骨がある限り、天下太平の世とは言え、おちおちしていられないのですね。

シボルト・シルガデール　そこで、昨今、日本で大暴れをした、あの浪人どもの首領、なんつった？

道半ば左衛門　由比正雪様です。

シボルト・シルガデール　そいつの死骸を、今日これから私が腑分けして、反骨を取り出し河原にさらし川の水で反骨スープを作り「口ほどにもなくやわらかいぞ、由比正雪の反骨ラーメン」と店を開いて見せしめにしてみせましょうぞ。

役人役役者スケベエ　それがあ……

シボルト・シルガデール　早く、由比正雪の死骸をここに。

役人役役者スケベエ　それがその、由比正雪の死体が……

御簾の後ろからの声。

三、四代将軍イエナントカの声　盗まれただとお!?

役人役役者スケベエ　この先の話はご内聞に、中で、中で。

御簾が開く。そして、いくつもの襖が四方八方に置かれることで、そこは将軍の御前となる。

伊達の十役人は、ひとたび去る。

三、四代将軍イエナントカ　おまけに残党どもに牢を破られた？　なんという不祥事、責任を取れ！　伊達の十役人！　ここへ。
道半ば左衛門　ただいま、席を外しておりまして。
三、四代将軍イエナントカ　さっきまでいただろう。
道半ば左衛門　所用ができたとのことで。
三、四代将軍イエナントカ　役人の所用ってなんなんだ……うん？　でも、うん？　わたしにどうしてもわからないことがある。
シボルト・シルガデール　私でお役に立てますか？
三、四代将軍イエナントカ　その由比正雪の死体って、誰なんだ？
シボルト・シルガデール　誰と申しますと？
三、四代将軍イエナントカ　……ああ、あの日のことは、思い出すだに、まだ恐ろしき。
道半ば左衛門　さよう、あの薄汚い浪人どもによる由比正雪の乱がおこったあの日は、ちょうど、旅芸人の一座が城へやってまいりました。

襖があいて、伊達の十役人が、旅芸人の一座を連れてやってくる。旅芸人の一座、三、四代将軍イエナントカの御前に。

伊達の十役人・好色《こうしょく》分《わか》り屋《や》助兵衛《すけべえ》　一座の看板踊り子は女でございます。
三、四代将軍イエナントカ　役人って、ほとぼりが冷めると戻ってくるよね。
好色分り屋助兵衛　われこそが、伊達の十役人が四役人目、好色分り屋助兵衛。
道半ば左衛門　だが、分り屋助兵衛殿、禁じられている女カブキをなぜ、この城内に呼んだのだ？
好色分り屋助兵衛　城の中だからこそでございます。なんでも、この踊り子たちうっかり、脱いでしまうとか、評判でして。
三、四代将軍イエナントカ　なに脱ぐのか？
シボルト・シルガデール　脱ぐ？
三、四代将軍イエナントカ　脱がない？
好色分り屋助兵衛　脱ぎます。
三、四代将軍イエナントカ　脱ぐ。
好色分り屋助兵衛　脱ぐとき。
三、四代将軍イエナントカ　脱げば？
一同　脱げ!!　脱げ!!
三、四代目出雲阿国　わたくしどもがこれより踊りますのは『足跡姫』でございます。
三、四代将軍イエナントカ　お前が、その脱ぐ足跡姫か？
三、四代目出雲阿国　いいえ、足跡姫は見えません。
三、四代将軍イエナントカ　見えない？
三、四代目出雲阿国　けれども、足跡姫はこの世のものとは思えぬほどに美しく踊るそうでございます。
三、四代将軍イエナントカ　姿が見えないのになぜ美しいと分かるんだ？
三、四代目出雲阿国　なぜでしょう？　美には理由がありません。ただ足跡姫が踊り終えると、足跡だけ残っているそうでございます。

好色分り屋助兵衛　つまり、イエナントカ様、万一その足跡姫が「肌」を見せたとしても、私たちは見なかったことになるわけです、逆に、裸の王様？

三、四代将軍イエナントカ　え？　どういうこと？

好色分り屋助兵衛　だから私たちがこれから見るものは、ストリップではありません。ただ、踊った後に残される「足跡」だけなのです。城の中でストリップ？　ブルブルブル滅相もない。

三、四代将軍イエナントカ　役人の屁理屈て、そばにいるものはありがたいね。

好色分り屋助兵衛　伊達に伊達の十役人をやってはおりませぬ。

三、四代将軍イエナントカ　ならば見ようか、目には見えないという『足跡姫』のハダケ踊りを。

音が入る。

着物を被《かず》きに、顔と体を隠した女たちが入ってくる。その真ん中で、三、四代目出雲阿国。

ヤワハダも踊っている。

少しずつ、着物がはだけていく。

そして、最後の瞬間、踊り子たちは、一斉に着物を両手で広げ、露《あらわ》に自分たちの、おそらく、一糸纏《まと》わぬ姿であろう「肌」を、将軍の方に向かって見せる。

その「肌」を見ることができるのは、将軍だけ。こちら側（客席側）からは、いっぱいに広げた着物がさえぎって見えない。

その振りが二度ある。

将軍は、腑抜けになっていく。
同じ振り、三度目。
柝が入る。

役人役役者スケベエ　踊りがクライマックスにさしかかった、その時でございました。女に化けておりました、浪人どもの一群が、やをら将軍様に襲い掛かったのでございます。

踊っていた女たちが、浪人姿の男に代わって、城内のものに切りかかる。

役人役役者スケベエ　そして、その旅芸人の女に見えていたものこそ、由比正雪だったのであります！

と、三、四代目出雲阿国は、サルワカに代わる。そして由比正雪役のサルワカ、将軍役の幽霊小説家に切りかかる。

三、四代将軍イエナントカ　うわあっ！

三、四代将軍イエナントカ役の幽霊小説家、三十秒くらいかけて、馬鹿馬鹿しいほど壮絶な死に方をして見せる。え？　本物の刀？　と思うほどの死に方。
みんな、ちょっと呆気に取られて見ている。

サルワカ　あの、これ、ニセモノの刀ですから。
三、四代将軍イエナントカ　あ、死なないよね。
サルワカ　そう、死なないでしょう。舞台にあるのは、ニセモノの「死」ですから。
三、四代将軍イエナントカ　（安っぽい歌）舞台にあるのは、ニセモノばかり〜、本当の「死」なんてありゃしない。
役人役役者スケベエ　そこで、死なずに済んだ将軍様は、その踊り子に化けていた由比正雪を返り討ちに。

幽霊小説家が、サルワカを斬る。

役人役役者スケベエ　こうして、由比正雪は死体になりました。
三、四代将軍イエナントカ　（安っぽい歌）舞台にあるのは、ニセモノばかり〜。本当の「死」なんてありゃしない。
舞台上の役者一同　（安っぽい歌）舞台にあるのはニセモノばかり〜、本当の「死」なんてありゃしない。だからいつでも、めでたし、めでたし〜。

カーテンコール。大喝采の中、幕が閉まる。
盆が回る。
ひとたび、カーテンコール後の舞台裏となる。

サルワカ　姉さん、これでよかったのかい？
三、四代目出雲阿国　ほんとね。
サルワカ　僕が書きたかったものはこんなのじゃなかった。
三、四代目出雲阿国　足跡姫の踊りもあれじゃ、ハダケ踊りと変わらない。
サルワカ　行く先々で、やんややんやの喝采を受けている。けれども、しっくりこない、この終わり方。
三、四代目出雲阿国　この筋の裏には、何が隠されているの？
サルワカ　え？　何も隠していないよ。
三、四代目出雲阿国　こんなにも肌をあらわにしているのに、何かが隠れている、そんな気がする。
万歳三唱太夫　カーテンコールがまだ続いているわよ……
舞台監督瀬﨑　ダブル行きます！
万歳三唱太夫　（舞台に出ようとする男たちを制して）踊り子だけ舞台にあがって。アンコールに何か踊って。
ヤワハダ　姐さん、何踊る？
三、四代目出雲阿国　『股に手でブル〜！』しかないでしょ。
ヤワハダ　あれか。
三、四代目出雲阿国　行くよ。

舞台に上がる踊り子たち。
また、7秒だけ『股に手でブル〜!』を踊っていると、花道より声が入る。

伊達の十役人の声　しらば〜く、しらば〜く。

芝居冒頭のように、踊り子たち、裏へ。代わって、女形がたが舞台に。

万歳三唱太夫　代行!　代行!　急いで、代わって。

花道より、伊達の十役人が登場。

サルワカ　（女形に化けて）しらばく〜、しらばく〜。
真立屹立の助兵衛　しらばくれてんじゃねえ。
サルワカ　あれ?　お前か、脅かすな。
真立屹立の助兵衛　誰の話だ。
サルワカ　さっきまで舞台にいただろう。
真立屹立の助兵衛　そいつは、役人役の役者だろう。こっちは本物の役人、俺だよ。
サルワカ　俺って、役人の顔はビックリするくらい皆同じだから覚えられない。
真立屹立の助兵衛　伊達の十役人が一役人目、真立屹立の助兵衛だ!
女形ナメコ　かぶきのカ〜!!

女形シメジ　はだかのカ〜!!

真立屹立の助兵衛　カッカ、カッカ、カカカカカ〜!

サルワカ　ならば先般も、ガタガタガタガタ申し上げましたが、われらは女形がた〜、これは女カブキではございません。

真立屹立の助兵衛　でもそこにいるのは女じゃねえのか?

サルワカ　え?

見れば、ヤワハダが逃げ遅れて、女形の中に交じっている。

真立屹立の助兵衛　おい、そこの。

ヤワハダ　え?　私ですか?

真立屹立の助兵衛　女だろう?

ヤワハダ　違います。

真立屹立の助兵衛　違うのか、残念だなあ。

ヤワハダ　残念?

真立屹立の助兵衛　女カブキはご法度だ!　ってえのは、この間の話。今日戻ってきたのは、

他でもねえ、俺はカブキが大好きなんだよ。

サルワカ　この前は、でえっきれえだって言ってたじゃねえか。

真立屹立の助兵衛　あれは職場の顔だ。

サルワカ　でも心から憎々しげに、でえっきれえだって。

真立屹立の助兵衛　俺は素人だが、芝居がうまいんだよ。
サルワカ　じゃあ、本当は女カブキが好きだったのかい？
三、四代目出雲阿国　（陰で）気を付けて、また芝居して探りを入れているのかも。
真立屹立の助兵衛　信じてくれ！　実は俺は、初代出雲阿国のカブキが大好きだった。以来、大のカブキファンだ。グッズとかも全部買っている。
ヤワハダ　初代の踊りを見たことあるの？
真立屹立の助兵衛　ああ、俺がこんな背丈だった時分に（小さい背丈を作って）俺はこの一座が、その阿国の血を引く一座じゃねえかと、前々から目をつけていたんだ。少しでもお役に立てるのならば、ボランティアをしたい。
三、四代目出雲阿国　（陰からサルワカに）生半可なボランティアは迷惑だよ。
サルワカ　生半可なボランティアは迷惑です。
真立屹立の助兵衛　では、初代の踊りの覚えている限りのことをお教えしましょう。
三、四代目出雲阿国　え？　ほんと？
ヤワハダ　ほんとかい？
真立屹立の助兵衛　ほんとうさあ。
ヤワハダ　ほんとに？
真立屹立の助兵衛　ほんと。
ヤワハダ　だんな。
真立屹立の助兵衛　なんだ？
ヤワハダ　あたしたち、その噂の「出雲阿国一座」女カブキの成れの果てでございます。

真立屹立の助兵衛　ほんとか？
ヤワハダ　はい。
真立屹立の助兵衛　よかったあ。

真立屹立の助兵衛、ヤワハダに抱きつく。
そして、笛を吹く。
他の役人の手下たちが現れて。

木っ端役人　女カブキの踊り子をついに捕《と》らまえたぞ！
サルワカ　違います！　違います！　この子はただの踊り子だ！
真立屹立の助兵衛　その踊り子が、てめえの口でそういった。
三、四代目出雲阿国　（隠れていたが、立ち上がって出ていこうとする）ヤワハダちゃん！
万歳三唱太夫　馬鹿、お前まで出て行って捕まったら、女カブキが本当にここで終わっちまうじゃないか。
三、四代目出雲阿国　でも太夫。
万歳三唱太夫　いつかお城へ行きたいんだろう？　それがお前の夢なんだろう？
三、四代目出雲阿国　私の、そして母さんの。
万歳三唱太夫　あたしだって、いつか吉原に戻るのが夢なのさ。
三、四代目出雲阿国　え？
万歳三唱太夫　（隠れているところから呼ぶ）サルワカ！

サルワカ　え？　あ、はい。
万歳三唱太夫　（役人に見えないところで）姉さんを連れてひとまず逃げな。
サルワカ　どこへ？
万歳三唱太夫　客席にお逃げ。
三、四代目出雲阿国　踊り子が舞台を降りるの？
万歳三唱太夫　充電期間です。
サルワカ　姉さん、今はひと時。客席から見ていれば役人の目にはとまらない。
三、四代目出雲阿国　ごめんよ、ヤワハダちゃん、必ず助けに戻ってくるよ。
サルワカ　さあ早く、姉さん。
万歳三唱太夫　（芝居っ気たっぷり）ヤワハダ！　これも女カブキの一座を守るためだ。お前がすべての罪をひっかぶっておくれ。

客席に逃げていく三、四代目出雲阿国とサルワカ。客席で、舞台を見る。
その間、真立屹立の助兵衛らに花道を連れ去られていくヤワハダ。

真立屹立の助兵衛　カブク女を召し取ったぞ！
木っ端役人ら　おお～！
ヤワハダ　おくに姐さん、あたしゃ、この身を売って一座を守るよ。でも覚えておくよ、姐さんの仕打ち。
三、四代目出雲阿国　え？　仕打ちって。

ヤワハダ　そしてみんなも覚えておいてよ、私を置いて逃げて行ったのは、三、四代目出雲阿国だよ。おくにねえさ～ん、恨みます～、中島みゆきよりも恨みます。
三、四代目出雲阿国　え？　どういうことなの？

柝が入り、幕閉まりながら。

普通の客　泣けるなあ～。
隣りの客　涙を搾り取られてもう肌がカサカサよ。
柿食う客　それにしてもひでえ女だ、あの三、四代目出雲阿国って女は。
普通の客　なんでも実話に基づいて作られている芝居らしいよ。
三、四代目出雲阿国　どうなっているの？　何か悪い夢でも見ているの？

再び幕が開いてカーテンコール。
ヤワハダを中央に、その横に万歳三唱太夫、踊り子ら、勢揃いし、格式張って座っている。
ヤワハダの口上が始まる。

ヤワハダ　わたくしが、元祖出雲阿国座を引き継いでおります看板踊り子、三代目出雲阿国でございます。近年、巷《ちまた》に、三、四代目、四、五代目とあやふやに出雲阿国を名乗るものが現れております。（宙を指さし）が、が、二匹の蛾!!　当一座こそ正真正銘、ほんものの元祖、何より本人自らはっきりと三代目だと申し上げているのが、疚《やま》しいことのない証。ゆえに今後とも益々ご贔屓のほど、お願いたてまつり〜、スカイツリー。

ヤワハダに向かって、観客がたくさんの花束を渡しに行く。
サルワカ、思わず客席より立ち上がって、

サルワカ　俺たちが姿を隠していたこの数か月の間に、何が起こったのか知らないが、我慢ならない、元祖って、だったらこっちは本家だ！
三、四代目出雲阿国　ここは辛抱だよ。
サルワカ　なんでさ。
三、四代目出雲阿国　元祖と本家の争いなんて、他人様から見れば、どっちも長浜ラーメンなんだよ。

と、幽霊小説家、戯けもの、腑分けものが現れて。

幽霊小説家　いいえ！　あんなニセモノたちをほっといては、長浜ラーメンの名が廃《すた》ります。
サルワカ　え？　そういう話？
幽霊小説家　そこでワタクシはこの一座に残って、本家長浜ラーメンの名前を守ることにしました。
サルワカ　だから、そういう話ではないよね。
幽霊小説家　大衆はラーメンが好きです。こうやって大向こうの気持ちを、本家出雲阿国一座に引き戻すんだ。ラーメンの臭いを使ってタイシュウを。あ、体の方の体臭ね。で、ほかの座員はどうするんだ?

戯けもの　もちろん由比、いえあなたがそうおっしゃるならば、私もこちらの一座に残ります。

腑分けもの　腑分けもの、あなたは?

幽霊小説家　君の体があるところ、どこまでも。

幽霊小説家　では、共に屍《しかばね》になるまで。

腑分けもの　いや、屍になるのはそちらがお先に。

ヤワハダ、大量の花束をもらい終えて幕が閉まっていく。

戯けもの　あのニセモノの出雲阿国一座、大評判をとっているよ。

三、四代目出雲阿国　大丈夫。(例の巻物を見せて)こちらには、これがあるもの。

腑分けもの　なんですかそれ。

三、四代目出雲阿国　三、四代目出雲阿国の証。

サルワカ　だからその三、四代目っていうのがあやふやなんだって。

三、四代目出雲阿国　でも、母さんからもらったんだ。

腑分けもの　お母さまは何代目ですか?

三、四代目出雲阿国　二、三代目。

腑分けもの　ますますあやふやだよねえ。

三、四代目出雲阿国　でもホンモノだもの。

サルワカ　でもそれを知っているのは僕らだけだ。
戯けもの　しかも、あのヤワハダには熱烈なパトロンがついたって話だ。
サルワカ　え？　誰が？
腑分けもの　伊達の十役人が五役人目、大岡越前戯《おおおかえっちぜんぎ》の守忠相兵衛《かみただすけべぇ》さ。

伊達の十役人の五役人目、大岡越前戯の守忠相兵衛、人目を忍ぶ姿で現れる。が、瓦版屋たちに、囲まれる。

瓦版〇平　大岡様。
伊達の十役人・大岡越前戯の守忠相兵衛　え？
瓦版〇平　お忍びでお出かけのご様子、どちらへ？
瓦版□蔵　お裁きをなさる身でありながら、今日も女カブキの芝居小屋通い？
大岡越前戯の守忠相兵衛　道をお開け下され。
瓦版×江　ヤワハダの「脱ぐ」のがお目当てですか？
大岡越前戯の守忠相兵衛　あの一座は脱いでいるのではなくて、偶々はだけている、裸じゃない、ハダケです。
瓦版〇平　でも一人でも女が舞台でかぶいていれば、それは御法度の女カブキに該当するんじゃないんですか？
大岡越前戯の守忠相兵衛　舞台上で男性と女性の比率が、少しでも男性が上回っている場合、奉行所は、男カブキと認定することになりました。

瓦版□蔵　いつからそんな解釈に。
大岡越前戯の守忠相兵衛　御法度を腑分けして、骨抜きにしました。

舟に乗ったヤワハダが大川に現れて、

ヤワハダ　忠相さん！
大岡越前戯の守忠相兵衛　あれ、どこへ？
ヤワハダ　陸《おか》の上はなにかとうるさいから、川でね？
大岡越前戯の守忠相兵衛　では、いつものところで待っていておくれ。
ヤワハダ　あい、そこでしっぽりと。
大岡越前戯の守忠相兵衛　すぐ追いつくよ。

大岡越前戯の守忠相兵衛、舟に乗りこむ（かのように盆に乗りこむ）。

瓦版屋たち　あ！
大岡越前戯の守忠相兵衛　へ！
瓦版屋たち　ちっ。

瓦版屋、激しい数の火打石をする。
なんで火打石を打ってるのかは知らない。火打石が、舞台に夜を運んでくる。

おなじみ、火の用心の声。犬の遠吠え。ひたすら、机に向かって書いているサルワカ、そばに三、四代目出雲阿国。

サルワカ　悔しいな、姉さん。

三、四代目出雲阿国　ニセモノは必ずこの世から消えるもの、そう信じなくちゃやっていけない、そんな時もあるんだよ。

サルワカ　でもどうやって、僕らがホンモノだって証明するのさ。

三、四代目出雲阿国　お前はただ真剣に「筋」を書く、私はただひたむきに「踊る」。「真剣」と「ひたむき」で、ホンモノが生まれる。

サルワカ　わかった、真剣に書くよ。

三、四代目出雲阿国　真剣っていう意味わかってる？

サルワカ　二度と穴を掘らないってことだ。

三、四代目出雲阿国　じゃあそれで。

三、四代目出雲阿国、去る。
サルワカは、すぐに立ち上がり、

サルワカ　だめだ〜！

「穴」のところへ行く。

そして、穴を掘り始める。
襖が、突然あく、幽霊小説家が入ってくる。

幽霊小説家　何をしてるの！

サルワカ　ごめんよ、姉ちゃん。

サルワカ、土下座して謝る。幽霊小説家の顔を見ることなく、サルワカは、姉、三、四代目出雲阿国だと思ってしゃべり続ける。

サルワカ　ほんと、久しぶりに掘っているんだ。

幽霊小説家　久しぶりなんて嘘おっしゃい。

サルワカ　でも毎日掘ってるわけじゃない。あの、戯けものさんたちに頼まれて、姉さん信じないだろうけど、あの人たち、地球の反対側人なんだ。それで、そろそろ向こうへ帰りたいらしいんだ。もしも、向こうまで穴を掘れたら、僕も一緒に連れて行ってもらえる、そしたら、地球の反対側の話をたくさん仕入れて、きっと大当たりの「筋」だって書ける。

幽霊小説家　「筋」を書くために掘ってるんじゃないでしょう。

サルワカ　さすが姉さん、そのとおり、やめられないんだ、穴掘り。

幽霊小説家　どこまで掘ったの？

サルワカ　戯けものさんの指示で、お城のお堀の手前くらいまで、まだそのくらいしか掘れてない。

幽霊小説家　(急に声色をやめて、幽霊小説家となる)お掘って、どこを目指して掘っているんだ、地球の反対側に行けるのか本当に。
サルワカ　なんだ、あなたか、よかった〜。でもこのことは姉さんには黙っておいてくれ。
幽霊小説家　一度、穴を掘っちゃうと簡単にはやめられないんだよな。
サルワカ　え?　あなたも穴を掘ったことあるの?
幽霊小説家　まだやんちゃをしていた頃に、遊びでな。
サルワカ　穴を掘るのは遊びでしょう。遊びでなくちゃ。でも、僕が「筋」を書くのは仕事だ。真剣にやる、姉さんと約束したんだ。
幽霊小説家　あの『足跡姫』の終わりを書き直しているんだって?
サルワカ　ええ、はい。
幽霊小説家　手伝うよ、真剣に。
サルワカ　いや、いいです。
幽霊小説家　俺もおしまいが気に入らなかった。特に、由比正雪役のお前が将軍役の俺を斬る時の、なんというんだ?　リアリテイ?……

一瞬で稽古場に代わる。

幽霊小説家　リアリテイがないんだ!　わかるか?　お前たちの芝居には。

稽古場の役者たち、ぽかんとしている。

幽霊小説家　サルワカ君、君だって、あのニセモノどもの芝居を超えた芝居をつくりたいんだろう？

サルワカ　はい、ありていに言えば。

幽霊小説家　それだよ、ありてい、りありていだよ。

サルワカ　リアリテイ？

幽霊小説家　理にかなった、理のある体。理在《りあ》り体《てい》だ。ありていに言えばね。つまり、嘘があってはダメだ、リアリテイだ、わかるよね。

サルワカ　ちょっと、ポカーンです。

幽霊小説家　では、一度でも、あなたたちは、「真剣」という言葉を、考えたことがありますか？　刀を使った芝居をしているのに。

戯けもの　え？　どういうことですか？

幽霊小説家　真剣、ほんものの刀。なぜ、それを使わないのです？

サルワカ　使うって、舞台で？

幽霊小説家　そう、舞台で。

腑分けもの　でもそんなものを使ったら、誰かが死んじゃうよ。

幽霊小説家　舞台で本当に死んではダメなのか？　お前たちは、「生きる」ことに里心がつきすぎてはいないか？　俺はなんというか、心は「死体」だ。

腑分けもの　死体？

幽霊小説家　あ、何かしたいっていう方のね。

サルワカ　何をしたいんですか？

幽霊小説家　真剣にしたい。

サルワカ　真剣にやってます。

幽霊小説家　（本物の刀を取り出し）真剣にしたい。本物の刀にしたいんだ、まず稽古で使ってみよう。俺が将軍。そして戯けもの、お前は俺を守る武士、道半ば左衛門役だ。

戯けもの　もちろん、あなた様をお守りします。柿熟す時まで。

幽霊小説家　だったら真剣を使え。

戯けもの　え？　俺が？……（独白）由比正雪殿、俺に何かをお試しになっているのか？

幽霊小説家　そして、将軍に斬りかかる由比正雪、サルワカ！　お前も本物の刀を使え。

サルワカ　俺は戯けものさんと違って、本物の刀など。

戯けもの　いや俺だって、なりはこんなだが本当の剣なんて。

腑分けもの　え？　腰に差しているそれは何？

戯けもの　真剣だけれど、暴れる関係の装飾品だね、浪人の場合。

幽霊小説家　さあ、真剣による真剣勝負だ。ここから、ほんとの芝居が生まれる。場面は、由比正雪が将軍に斬りかかる、あの大詰め。はじめ～！

二人　え？

幽霊小説家　サルワカ、俺に斬りかかれ!!　だが、俺を守ろうと、道半ば左衛門、割って入る!!　そこで真剣勝負だ！

サルワカ、戯けもの、無理やり本物の刀を持たされて対峙させられるが、二人とも、真剣そのものの恐怖にへっぴり腰。

サルワカ　いやあ〜！

戯けもの　そりゃあ〜！

サルワカ　やあれん!!

戯けもの　そおらん!!

幽霊小説家　なに腰が引けてんだ。（サルワカに）おまえ、由比正雪だろう。

サルワカ　でも、怖いです。真剣ですから。

幽霊小説家　ちょっと、俺に貸せ。

サルワカ　え？　将軍役がいなくなると、斬ってかかる先もなくなります。

幽霊小説家　だったら代わりに、お前!!（腑分けものに）俺の代わりに将軍役をやっておけ。

腑分けもの　え？（何か飲んでいる）私が、将軍役を？

幽霊小説家　今、何飲んだ？

腑分けもの　え？　サプリメントだけど。

幽霊小説家　おめえさんに聞きたい。そんなにも生きて何をしたいんだ？

腑分けもの　お前より、長生きをしたいだけだ。

戯けもの　（独白）わかりましたぞ、由比正雪殿、こうして綿密にいまなお、将軍暗殺の計略を考えていらっしゃったのか？

幽霊小説家、サルワカの刀を後ろから持って、将軍役の腑分けものに斬ってかかる指導をする。

幽霊小説家　（背後からサルワカを操りながら）真剣っていうのはこういうことだ。わかるか？　こうして、こうする。ほら、お前、もっと将軍を庇え、武士役だろう。

戯けもの　はい、やります。やらせていただきます。真剣に。でも真剣は危なくて。

幽霊小説家　危ないに決まっている。本物の刀なんだから。そして、こう打ってこい、将軍逃げて、こっちは追いかける、そこだ！

思わず、将軍役をやらされている腑分けもの、その幽霊小説家の刀をよけて、戸板の裏に隠れるが、戸板を倒してしまう。戸板は、幽霊小説家にぶつかりそうになる。腰に差したニセモノの刀を使い身を庇う。

幽霊小説家　てめえ、何しやがる、ふざけんな、ぶっ殺すぞ。

興奮している幽霊小説家、サルワカを背後で操ってその本物の刀で、腑分けものを斬る。

間。

腑分けもの　え？　あれ？　俺が先に死体にな……

腑分けもの、本当にそこで、あっけなく、こときれる。本当に死ぬ。

幽霊小説家　な、このくらい、本気でやれってことだよ、これが真剣だよ。そして、見ろ、本当に死ぬ時なんてこんなもんなんだよ。（大げさに死ぬ真似）こんなに大げさなことをしなくていいんだよ、わかったかバカ！

そう言うと、去る幽霊小説家。
稽古に参加していたものも、恐怖心から次々と逃げ去る。
サルワカと、腑分けものの死体がそこに残る。
そこに、三、四代目出雲阿国が入ってくる。

三、四代目出雲阿国　何してるの、もうすぐ始まるよ、何もこんなぎりぎりまで真剣に稽古をしなくても……え？

サルワカ　真剣で芝居をしてしまいました……

三、四代目出雲阿国は、そこにある腑分けものの死体を見て、すべてを察する。

三、四代目出雲阿国　なんで本当の刀を使ったのですか？　舞台の上にあるものは、何もかもニセモノでなくちゃいけません。たとえ、役者が舞台上で本当に脳溢血で死んだとしても、その本物の「死」は、ニセモノに見えなくてはいけません。観客に大笑いをされて退場しなくてはいけないのです。……スタニスラフスキー『俳優修業』より。みたいなことを言ってみても、演技論なんてこんな時、何の役にも立たないじゃないか、どうすりゃいいの？　今、楽屋には死体があるの、そして開演ベルが鳴っているの。

柝が入る。
盆が回り始める。

サルワカ　どうしよう。盆が回り始めた、姉ちゃん、お客さんの前だ。

三、四代目出雲阿国　私に任せて。

腑分けものの死体と三、四代目出雲阿国、サルワカをのせた盆が回り、観客の前に姿を見せてしまう。

三、四代目出雲阿国　もう、酔っぱらっちゃって将軍様、イエナントカ様、今日は、あんなにも楽しみにしていた足跡姫たちの一座が、このお城にやってくるというのに、さ、さ、しばらく、向こうの木陰でお休みしましょう、その時を、永遠《とわ》に感じるほどに。

三、四代目出雲阿国は、観衆の前で、腑分けものの死体を酔っぱらいのように見せて花道を行く。サルワカ、提灯を持って先導する役を演じる。
本舞台、盆が回る。

花道に残る三、四代目出雲阿国とサルワカ。
本舞台に橋が出てくる。
そのことで、そこは川べりに変わる。
死体となった腑分けものを橋の上から川の中へ投げ込む。

三、四代目出雲阿国　何とか切り抜けたよ。
サルワカ　どうしよう、これから。
三、四代目出雲阿国　どうしなくてもいい、あんたはまた、新しい「筋」を書く。それだけよ。
サルワカ　でも事故とはいっても。
三、四代目出雲阿国　舞台上で犯した罪は地獄で裁いてもらえばいいの。
サルワカ　でも。
三、四代目出雲阿国　やめてよ。
サルワカ　なんで。
三、四代目出雲阿国　やっとここまで女カブキの一座が盛り返したんだ。もっと評判を取れば、御法度だってなくなる。そして、城へ行くの、将軍様の前で踊るの。初代の出雲阿国は城で踊った。でも、二、三代目は、母さんは城へ行けなかった。これは、母さんの夢だったんだ。踊ることができなくなった踊り子の夢。
サルワカ　またその話か、病の床の母さんか。
三、四代目出雲阿国　その話よ。
サルワカ　でも、踊ることのできなかった踊り子って、もはや、それ踊り子じゃないよね。

三、四代目出雲阿国　あんた、本気で言ってるの？
サルワカ　え？
三、四代目出雲阿国　病の床にいた母さんにお前だったら、それが言えるの？　体の動かなくなった踊り子、そんなものは踊り子じゃないってあんたは言える？
サルワカ　いや、そうじゃなくて。
三、四代目出雲阿国　母さんはそれを知っていたよ。自分はもう踊り子に戻れないことを。
サルワカ　母さんがそう言ったのかい？
三、四代目出雲阿国　自分は幽霊病だと言った。
サルワカ　幽霊病？
三、四代目出雲阿国　体が少しずつ自分の体ではないみたいに消えていっている。まず指が、それから両手が、両腕が、足の指が、脚が、両脚が自分ではない。そして声までが失くなっていくって。でも、声が失くなってからも、病の床で母さんは唇を動かした。母のコトバは、やがて母の音になった。母音という母の音。おえあええ、あえっえいあ。それだけで喋っていた。
サルワカ　母の音は、最後になんて言った？
三、四代目出雲阿国　い、い、あ、い。
サルワカ　い、い、あ、い？
三、四代目出雲阿国　その母の音は子供の耳に入ると、子供の音、子音になって聞こえた。
サルワカ　姉さんの耳には、母の音は、どんな子供の音になって聞こえたんだ？
三、四代目出雲阿国　『い、い、あ、い』は、『死、に、た、い』そう聞こえた。幽霊病になって声を失くした踊り子の最後の音だよ。

サルワカ　『い、い、あ、い』は、『死、に、た、い』か。でも姉さん。

三、四代目出雲阿国　なあに？

サルワカ　僕も、その同じ母の子だ。

三、四代目出雲阿国　だから？

サルワカ　僕の耳には、その母の音は、こんな子供の音になって聞こえる。

三、四代目出雲阿国　『い、い、あ、い』は？

サルワカ　『生、き、た、い』さ。

三、四代目出雲阿国　え？

サルワカ　生、き、た、い。

三、四代目出雲阿国　そうか。『死、に、た、い』も『生、き、た、い』もどちらも『い、い、あ、い』だ。だから姉さんは、あんたが好きだよ。ずっとずっとつらく思っていた、母さんが『死にたい』と思って死んでいったんじゃないか、私は何もしてあげることができなかったのじゃないか。でも違うのね、『生きたい』って言ったんだ。

サルワカ　それも姉ちゃん、ただ生きていたいの『生きたい』じゃない、お城に『行きたい』だったかもしれない。

三、四代目出雲阿国　そうね、そうだね。いつもろくでもないことをしでかしてくれるけれど、お前のお話は、『死にたい』を必ず『生きたい』に変えてくれる、起死回生のどんでん返しをやらかしてくれる。

サルワカ　ああ、『足跡姫』も、もっともっとどんでん返して、素敵な姫にして、城に行こう。

母さんが行くことのできなかった城へ。ねえ、姉さん。

三、四代目出雲阿国　……（下を向いている）

サルワカ　どうしたの？

三、四代目出雲阿国　……私です。

サルワカ　え？　誰？

三、四代目出雲阿国　私、足跡姫でござんす！

三、四代目出雲阿国、憑りつかれたかのように、足を踏み始めて踊る。盆回る。橋が舞台の奥へ。

その橋の下から、ひと筋の紙が巻物を広げるように敷かれる。

その上に、足跡を残しながら舞台奥へ踊っていく。踊り終わると、三、四代目出雲阿国、ふりむく。そこに足跡だけが残る。暗転。

第二幕

踊り子たちが、足を踏みならしながら踊る。
その中心にいるのは、三、四代目出雲阿国。
その足跡は、舞台一面に敷かれた紙の上に、色彩鮮やかに残る。

踊り子サメハダ　足跡姫の踊り、いまじゃもうだれひとりストリップとは呼ばないよ。
踊り子モロハダ　なんて言われているか知っている？
踊り子コハダ　知らいでか。アートだよ。
踊り子モロハダ　うん、アートはアートでも。
踊り子一同　足アート!!!

嬉しそうに足を踏んで去る踊り子たち。
三、四代目出雲阿国は、まだ踊り続けている。

踊り子サメハダ　おくに姐さん憑りつかれたように踊っている。

踊り子モロハダ　そして、弟の方は（サルワカが一心不乱に書いているのが見える）憑りつかれたように書いている。

幽霊小説家　いやあ、だから、俺も忙しくて。

踊り子サメハダ　え!?　なんで？

幽霊小説家　憑りつく方も忙しいって話さ。

幽霊小説家が、サルワカのそばへ。サルワカの仕事部屋となる。
親し気に幽霊小説家、肩を組む。

幽霊小説家　いつでも眠っていいんだぞ。

サルワカ　（肩から幽霊小説家の手をどかして）今夜は、ゴーストライターの手は借りません。

幽霊小説家　……でも俺たちは、なにかと、共犯者だからな。

サルワカ　それは脅しですか？

幽霊小説家　一緒に物を創っている人間は、いわば共犯者だって話さ。

サルワカ　今度の『足跡姫』には手を入れないでください。

幽霊小説家　じゃあ、読んで聞かせろ。

サルワカ　その昔、この世は『0《ゼロ》』でした。だから、この世にあるすべてのものが『0』でした。もちろん神様もいません。春も夏も『0』のまんま、季節は始まりようもなく、数字の『0』はいつまでも『0』で、決して0.0000……1になることがありませんでした。もちろんこの世に平和もありませんでした。そこに、足跡姫という幽霊が現れたのです。そして、足跡姫は『0』を足蹴にしました。『0』は死に、この世は『0』でなくなりました。始まらないままでいた春も夏も始まり、始まるはずのなかった数字の『0』が突然、0.0000……1になりました。生命《いのち》の誕生です。始まらない『0』が終わり、この世に『始まりのある生命《いのち》』が誕生したのです。こうして生命《いのち》は始まるようになりました。始まり。

幽霊小説家　終わったね。

サルワカ　え？

幽霊小説家　お前の作家生命。

サルワカ　だめか。

幽霊小説家　やめろっ！　つったよね。こういう、無限とか0《ゼロ》とか。大衆は数学が嫌いなんだよ。というか寧ろ教室で数学が嫌いだった奴らだけが芝居小屋に来てるんだよ。

サルワカ　はい。

幽霊小説家　今回だけは俺が、書き直してやるけど、今度また、ルートとか平方根とかそういうの書いたらぶっ殺すからな。

サルワカ　あの、ルートと平方根は同じです。

幽霊小説家　知らねえよ、大衆は。知らねえの、そういうこと。黙ってゴーストライターが書いたものを、そのまま書け！　お前は俺のやまびこだ。俺の言ったとおりにコダマすればいいんだ。

サルワカ　人はやまびこがいつも同じ言葉を返すと信じていますが、ある日、やまびこが違う言葉を返してきた時、その人は声を失うんです。二度と声を出せなくなるんです。

幽霊小説家　俺が声を出せなくなるっていうのか？
サルワカ　もしも、僕が従わなくなったらの話です。
幽霊小説家　そんなのは、夜口笛を吹くと蛇が来る〜みたいのと同じだ。俺は毎晩口笛を吹いているけれども蛇なんか来たことがない。
サルワカ　変わったわ、あなた。
幽霊小説家　なにが。
サルワカ　初めて僕のゴーストライターになった時は、もう少し謙虚でしたよ。
幽霊小説家　俺、売れない幽霊小説家だから。
サルワカ　そう、そんな感じ、それが今は。
幽霊小説家　もはや俺は、売れっ子のゴーストライターなんだよ。俺がいなくて、おめえ作家面できるのかよ。
サルワカ　どうしてそんなにも乱暴になったんです。
幽霊小説家　俺もそこは気になるところだ。なんで俺の心はこんなにも荒れているんだ。
サルワカ　自分でも恐ろしいんですね、その荒れていく心が。
幽霊小説家　暴れたい、無性に暴れたい。暴れる心におぼれたい。なぜだ、なぜなんだ。
戯けもの　それはあなたが由比正雪だからです。

戯けものが花道より走りこんでくる。

幽霊小説家　え？　誰だ、なんだ。

戯けもの　由比正雪殿！
幽霊小説家　だから違うって、そいつはもう死んだ奴だろう。
サルワカ　由比正雪役は僕ですよ。
幽霊小説家　そう、俺は将軍役だ。相手の役名くらい覚えておけ。
戯けもの　由比正雪殿！
幽霊小説家　おめえ、殺すぞ！
戯けもの　その殺気！　もはや白《しら》を切る必要もありません。ぼとっ！　柿は熟しました。
幽霊小説家　え？　今、柿落ちてないですか？
戯けもの　皆の者！

浪人たちが花道より走りこんでくる。

戯けもの　由比正雪様！
幽霊小説家　なんだなんだ。
戯けもの　仕方ない、誰もが知っていてあなただけが知らないあなたの秘密を、同志の前で暴露します。
サルワカ　誰もが知っているのなら、それ秘密じゃないよね。
戯けもの　はい。世界で一番暴き甲斐のない秘密。でも、やります！……あなたは、初めて姿を見せた時、自ら「売れない幽霊小説家」とおっしゃいました。「うれない」とは、「う」と「れ」の文字をなくせという暗号。

幽霊小説家　う、れ、無い。
戯けもの　さよう。「ゆうれい」から、「う」と「れ」をなくせば？
幽霊小説家　ゆい。
戯けもの　つまり、ゆうれい小説家は、ゆい小説家。
幽霊小説家　え？　由比正雪か。俺は、由比正雪か？
戯けもの　自分の暴れる心に聞いてください。『俺は、由比正雪か？』と。
浪人たち　由比正雪か！
幽霊小説家　俺は、そんな大それた男だったのか？
戯けもの　あえてもう一度お伺いします。由比正雪か？
浪人たち　由比正雪か！
幽霊小説家　そんな気がしてきた。そして、近頃の自分の言動に合点がいく。俺は由比正雪だったからだ。
浪人たち　おぉ！
サルワカ　で、根本的な質問なんですが、こういうのって時間がたつと聞きづらくなっちゃうので、あの、由比正雪って誰ですか？
幽霊小説家　え？　そこ？
戯けもの　誰って、君は、知らずにやっていたの？　その役、舞台上で。
サルワカ　ああ、はい。でもこれを機会に勉強したいと思います。由比正雪の生年月日、素性、職業等々。
幽霊小説家　いや、でも俺は今知りたい。だから僕は誰？

戯けもの　……由比正雪様も地球の反対側からやって来たお方だ、そこでは神様のように思われている。

サルワカ　え？　地球の反対側の神様、そんな偉い方だったんですか？

由比正雪か？　あ、おお。

サルワカ　すいません、気軽に寄りかかったりして、僕、神様に寄りかかっていたんだ。

由比正雪か？　まあいい、まあいい。

戯けもの　サルワカ、柿は熟した。あの腑分けもの君の事故死も無駄にしてはならない。全員、0.1秒黙禱（ものすごい速さで元に戻る）さあ、同志サルワカ君が掘り続けてくれた、この穴を使って、地球の反対側へ行く時が来た。

由比正雪か？　暴れてやるぞ〜!!!

と、襖があく。三、四代目出雲阿国が入ってくる。その手に、刀を持っている。

サルワカ　あ、姉ちゃん。

三、四代目出雲阿国　誰？

サルワカ　誰って、何言ってんの、姉ちゃん。

三、四代目出雲阿国　ああ、私が、体を借りているこの女がお前の姉なんだね。

由比正雪か？　あの……どなたですか？

三、四代目出雲阿国　わたくし、足跡姫でござんす。

サルワカ　（小声で）最近、あれを踊るとああなることが多くて。

由比正雪か？　でも、その日本刀は危ないいんじゃないかな、いくらニセモノとはいえ。
三、四代目出雲阿国　安心してください、本物です。
一同　え〜!!!
三、四代目出雲阿国　この「刀」は、妖しき名刀「無限」。ひとたび持てば、暴れたくなる刀。かような「刀」が生み出されたことがこの世の不幸、人はもはや、いかようにもこの「暴れ骨」を制御できませぬ。そして、この反骨で出来た「無限」こそ、由比正雪が使っていたものです。
由比正雪か？　え？　俺の刀だったのか。
三、四代目出雲阿国　事と場合によっちゃあ、手にしたあたしだってやっちゃいますよ。（と言って刀を振り回す）とはいえ（サルワカに）、あなたの姉さんの体を借りている身、急ぎます。イタコは時間制です。世知辛い世の中になりました。急がないと、あたしいなくなります。さあ、誰が私を呼んだんです？
サルワカ　呼んだ？
由比正雪か？　いや、あんた勝手に出てきてるけど。
三、四代目出雲阿国　そんなはずはありません。私は呼ばれて出てきました。
由比正雪か？　なんで。
三、四代目出雲阿国　なんでだあ？　こっちが聞きてえよ！
戯けもの　もとはお前の姉ちゃんだろ、お前なんとかしろ。
サルワカ　わかりました。え〜と。僕に何か言いたいことがありますか。
三、四代目出雲阿国　あるね。お前、この悪い顔した友達みたいのとチームっていうの？　徒党を組んで、その穴に入っていくつもりだろう。
サルワカ　はい、地球の反対側へ、これから連れて行ってもらうことに。
三、四代目出雲阿国　サルワカ！
サルワカ　はい！
三、四代目出雲阿国　もうこれ以上、ファンタジーに逃げ込むのはやめなさい！
サルワカ　え？　え？　なんですか？
三、四代目出雲阿国　その穴が地球の反対側に続いていないことは、お前が一番知っているだろう？
戯けもの　（しらじらしく）そうなのか、サルワカ。
由比正雪か？　じゃあ、どこへ続いてるんだ。
サルワカ　……お城だよ。江戸城だ。たぶんお堀の下を越えて、もう城の真下まで行ってると思う。
三、四代目出雲阿国　そのお城には誰がいるの？
サルワカ　将軍様が。
三、四代目出雲阿国　その人をどうするつもりなの？　あんたたちチームは。
サルワカ　僕は本当によくわからないんだ。ただ、戯けものさんが喜ぶと思って、あそこまで穴を。
戯けもの　や、私も由比正雪様が喜ぶと思って。
由比正雪か？　待てや～、俺は今、自分に目覚めたばかりなんだぞ。
戯けもの　でも発端は、由比正雪殿が。

三、四代目出雲阿国　おめえらがやらかす叛乱とかいうのは、いつもそんな程度なんだ、ばかやろ〜。
サルワカ　叛乱？　え、そんな物騒なことだったの？
三、四代目出雲阿国　そう、おやめなさい。
サルワカ　そう、だったら、この穴を使ってお城へ行くなんて物騒なことはおやめなさい。
三、四代目出雲阿国　この子を巻き込むのはやめなさい。
サルワカ　そう、やめなさい。
三、四代目出雲阿国　むしろ、私と一緒に行きませんか？
戯けもの　どこへ？
三、四代目出雲阿国　地球の反対側にです。
由比正雪か？　てめえが、ファンタジーに逃げ込んでるじゃねえか。
三、四代目出雲阿国　でも私の話は少し違うのです。私の地球の反対側、そこは、この「無限」の刀を作った山、いずこのお国の山なんです。
サルワカ　いずこのお国の山。
三、四代目出雲阿国　いずこにあるかもわからなくなってしまった故郷の山、だから地球の反対側。この世で一番遠いところ。私は、そこで踏鞴《たたら》を踏んでいました。
サルワカ　たたら？
三、四代目出雲阿国　はい、足跡姫は幽霊になる前、刀を作る鍛冶職人の娘でございました。刀を鍛えるときに、焼かれるかまどのその火に風を送る鞴《ふいご》をこうして踏んでいたのです。その踏鞴を踏む足音が、私たちの足にのりうつっていきました。言葉が口に棲みつくように、リズムが足に棲みついて、足音になったのです。その目に見えない足音をどうしてもどうしても残したくて、足跡姫でござんすは、桜色の季節、桜の木の下で、桜色の足跡に姿を変えたのです。こんな風に……


舞台一面の紙の上に、足音でリズムを刻みながら、足跡をつけていく。

それが桜の花びらのようになっていく。

桜の木を作り終える。足跡姫は、由比正雪に、蹈鞴を踏んで火を熾し、鍛えおえたその刀、「無限」を与える。

由比正雪が、その刀、「無限」を手に舞う。

舞い終わると桜の木の絵が、するすると吊り上げられ舞台の背景となる。

その前で、足跡姫と由比正雪。他はフリーズ。

三、四代目出雲阿国　お前なんだね、あたしを呼んだのは。
由比正雪か？　え？
三、四代目出雲阿国　その弟の方のコトバを借りてお前が私を呼んだ。だから私は、この姉の体を借りて姿を見せたんだ。
由比正雪か？　何のために？
三、四代目出雲阿国　お前はお城に将軍の首を取りに行くのだろう？　真剣に。
由比正雪か？　この真剣で。
三、四代目出雲阿国　だったら、あたしは、将軍の腕を。

由比正雪か？　腕？

三、四代目出雲阿国　桜の木の下で将軍の腕を一本頂戴したい……だめだよ、そんなことしちゃ。

サルワカ　どうしたの、姉さん。

足跡姫と由比正雪の世界から、引き戻される三、四代目出雲阿国。

三、四代目出雲阿国　だめだよ！　あたしはただそこで、踊るだけ！　かわいく！　淋しく！　楽しく！……（一瞬、足跡姫に戻る）けれども、恐ろしく！（正気に戻って）いあう、いあう、いあうんああ。

サルワカ　姉さん、何をうわごとを言ってるんだ。戻っておいで！

三、四代目出雲阿国　おおいあんあおう、ああい……

サルワカ　その音。

三、四代目出雲阿国　どうしたんだろう、あたし。

サルワカ　今のは母の音だったよ……幽霊病に罹《かか》った母さんの音。

三、四代目出雲阿国　あたしが、幽霊病に？

サルワカ　これも芝居？　それとも。

戯けもの　もはや、この姉弟の狂言芝居に付き合う暇はない。

浪人うつけもの　さよう、由比殿、死んだふりもここまで。

戯けもの　江戸城内に続く穴が開いたのだ。

浪人もうけもの　一気呵成に。
浪人一同　由比正雪様！

一座の踊り子たちが現れて。

踊り子アネゴハダ　ちょっとそこで聞いてたんだけど、売れないあんた。
由比正雪か？　なんだ。
踊り子ショクニンハダ　あんたが由比正雪ってホント？
由比正雪か？　ああ、まあ。
踊り子アネゴハダ　だったら大変よ、あんたの死体というか、あんたがというべきか、とにかく、河原であんたがみつかったらしいよ。
戯けもの　どんな姿で？
踊り子ショクニンハダ　磔《はりつけ》にされてさらし首よ。
踊り子モロハダ　首、あんた痛くない？
由比正雪か？　そう言えば、ここらあたりが今朝から、ひんやりしてた。
踊り子アネゴハダ　やっぱりそうか。
踊り子ショクニンハダ　こっちだよ！
由比正雪か？　どけどけー！　俺が死んでるんだあー！

落語の世界のように自分の死体を見物に行く由比正雪か？。

後に続く踊り子たち、浪人たち、そして三、四代目出雲阿国とサルワカ。大川に向かって、花道を走っていく。

その方向から、三人の飛脚が来る。その一人が、伊達の十役人の六役人目、里見《さとみ》八犬伝言助《はっけんでんごんすけ》兵衛《べえ》。

伊達の十役人・里見八犬伝言助兵衛　あんたが阿国さん？

三、四代目出雲阿国　誰？

里見八犬伝言助兵衛　伊達の十役人が六役人目、郵政省役人、里見八犬伝言助兵衛。

三、四代目出雲阿国　何の御用？

里見八犬伝言助兵衛　もちろんお手紙です。

三、四代目出雲阿国　（手紙を読み）……これは大変だよ〜。

里見八犬伝言助兵衛　いくぞ、ローゼンクランツ、ギルデンスターン。

そう呼ばれた二人　はい！

里見八犬伝言助兵衛ら、飛脚たち、去る。

三、四代目出雲阿国は、人々を追って花道を走り去る。代わって、先ほどの人間が花道から、走りこんでくる。

あっという間にそこは大川。そして、磔になっている者がそこにいる。

由比正雪か？　これが、俺か……かわいそうなことになっちまってる。

サルワカ　あまりに急な話で、なんと申し上げていいやら。
由比正雪か？　やはり、私は死んでいたのか……
戯けもの　でもこうは考えられませんか？
由比正雪か？　なんだ。
戯けもの　これは、他人の死体で、由比正雪が死んだということを世に知らしめたいがため、無理やり由比正雪の死体だってことにした……なぜなら、本当の由比正雪は、ここにいるから！
由比正雪か？　う〜ん、俺は生きているのか？　死んでいるのか？　それが問題だ。生きるべきか、死ぬべきかなんて贅沢なことは言わない。俺が生きているのか、死んでいるのか、もう一度あの城へ行けばわかる気がする。将軍の御前で、あの日一体、何が起こったのか。
サルワカ　だったら、やっぱり『足跡姫』を将軍の御前でやってみせるしかないです、そして由比正雪が、将軍に斬ってかかるあの場面を、もちろん僕が書いた芝居の中での話だよ。
浪人おとどけもの　そんな悠長なことをしていられるか。
戯けもの　シンデレラじゃあるまいし、そんなに簡単にお城から芝居をやってくれって招待状が届くものか。

花道より、後を追って来た、三、四代目出雲阿国が走りこんでくる。

三、四代目出雲阿国　ちょっと〜！　ほらあ、これえ。（先ほどの手紙）
サルワカ　どうしたの、何？

三、四代目出雲阿国　招待状って書いてあるのよ。

サルワカ　江戸城内ギャラリー『足アート展、出雲阿国から伊藤若冲まで』……姉さん、なんだこれ。

三、四代目出雲阿国　あたし宛てなの。でもあたしが招待されているの？

サルワカ　これ、お城の中で足アートをやれってことだよね。

三、四代目出雲阿国　ほんとかな。

サルワカ　木の葉が、招待状に化けていなければ。

三、四代目出雲阿国　私、シンデレラガールだ。降ってわいたようにお城へ行けるんだ、どうしようサルワカ、あたし何を着て行こう。

一同、去る。

と、腑分けものと同じ顔をした男が、一人残る。

花道を血相変えて、走ってくる伊達の十役人の七役人目、案外柔軟助兵衛《あんがいふれっくすけべえ》。

伊達の十役人・案外柔軟助兵衛　たいへんだ！　たいへんだ！

腑分けものと同じ顔をした男　なにを、そんなに血相を変えて、どうした伊達の七役人目、案外柔軟助兵衛殿。

案外柔軟助兵衛　これが落ち着いていられるか伊達の八、九役人目、丸投左連太郎衿人《まるなげされたろうえりーと》殿。

伊達の十役人・丸投左連太郎衿人　え？　私が伊達の八、九役人をやったら、あなた一人十役人じゃなくなりますぞ。

案外柔軟助兵衛　だが八、九役人目は、外部に発注することになりました。
丸投左連太郎衿人　二役も私に丸投げするほど、何をあわてていらっしゃる柔軟助兵衛殿。
案外柔軟助兵衛　だって丸投殿、貴殿、かわいそうなことになっているよ。
丸投左連太郎衿人　かわいそうって？
案外柔軟助兵衛　大川の岸で、土左衛門になっているよ。
丸投左連太郎衿人　え？　拙者が？
案外柔軟助兵衛　死んでたんだよ、川底からぷかっと上がって、（ベロを出して）こんなになって。
丸投左連太郎衿人　そりゃ大変だあ、俺は腑分け役人だ、俺の死体は俺に任せろ〜、どけどけ俺が死んでるんだあ！

花道の半分くらいまで走って戻ってくると、
そこは、大川の岸になる。
土左衛門には筵がかかっている。

丸投左連太郎衿人　これが俺か、かわいそうなことになってるな……って、こうして大川の岸まで来てはみたものの、残念ながら二番煎じ、驚きも少ない。しかも拙者は腑分け役人、落語の与太郎ではありませんでした。
案外柔軟助兵衛　じゃあ、この死体は、あなたではなく、他人の空似？
丸投左連太郎衿人　いいえ、双子の弟です。

案外柔軟助兵衛　双子？　ああ、それで二役、丸投げしていたのか。
丸投左連太郎衿人　弟は私とともに大学の医学部まで行きましたが、解剖学に夢中になりすぎたあまり、もぐりの腑分けものに身を落としてしまった、出来の悪い弟でした。
案外柔軟助兵衛　そうか、出来の悪い弟がいたのか。
丸投左連太郎衿人　弟のことを出来が悪いだと〜！
案外柔軟助兵衛　いやあんたが言ったんだよ。
丸投左連太郎衿人　他人に言われると腹が立つ、それが出来の悪い身内を持った家族のメンタリティーだ。
案外柔軟助兵衛　面倒くせえなあ。
丸投左連太郎衿人　まさか、弟の死骸を腑分けすることになるとはなあ。
案外柔軟助兵衛　丸投殿、死因を。
丸投左連太郎衿人　刀傷だな。一体、誰が？……悔しいよー、お役人さま。
案外柔軟助兵衛　いや、あなたも役人だから。
丸投左連太郎衿人　うん、必ずや下手人を捕まえましょう。

大川に浮かぶ舟から顔を出すヤワハダ。

ヤワハダ　あたし、その下手人なら知ってるよ。
丸投左連太郎衿人　え？　どういうこと？
ヤワハダ　あの日もこうして舟遊びをしていたんです、大岡様と三人で。

丸投左連太郎衿人　三人ってなんだ。（舟に乗り込む）
万歳三唱太夫　ばんざーい！　あたしも同伴しておりました。その日も、こうして、そしたらドボーンって、ね、音がするからさ。
ヤワハダ　ね、そしたら、ね。
万歳三唱太夫　ね、おどろいたねえ〜。
丸投左連太郎衿人　誰なんだ、私の弟をあんな姿にしたのは。
ヤワハダ　教えてあげるから、必ず逮捕状をだしてね、その下手人達に。
丸投左連太郎衿人　え？　違って言ったよね、柔軟助兵衛殿、あれ？　いない。
万歳三唱太夫　さ、着きましたよ。大岡様。そのお城の門から中へ。そこで、このヤワハダ太夫の『足アート展』が。今日はそのオープニングセレモニー。

江戸城内、城門のそば。

そこは、ヤワハダの足跡が作ったであろう、抽象的な「足アート」が展示されたギャラリーに変わる。

そして、ヤワハダは、小さなテーブルの上に広げられた紙の上で、踊りながら足跡をつける。ヤワハダの着物は短いので、テーブルの下から男がのぞけるようになっている。アートを鑑賞しながら男たちは、躍動する足のその奥をのぞき込んでいる。

ヤワハダが踊り終わると、口々に、足跡で作られた、その抽象的な「足アート」をほめちぎる男たち。

ヤワハダ （遠くに大岡越前戯の守忠相兵衛をみつけて取り巻きに）あ、ごめんなさあい。またあとで……大岡様！　ここ！　ここ！

万歳三唱太夫も加わって。

万歳三唱太夫 どうでした？
大岡越前戯の守忠相兵衛 いろいろと手を尽くしたのだが……
ヤワハダ え？　ダメだったの？
大岡越前戯の守忠相兵衛 ほら！　これでいいんだろう？（と、ゴールドの紙を出す）
ヤワハダ すごい。ついに手にした。ゴールドだ、太夫、ゴールドよ。
万歳三唱太夫 ゴールドが来た！　このゴールドの招待状、これで晴れて、将軍様の御前で「足アート」を踊れるんですね。ヤワハダ、いや三代目出雲阿国が。
ヤワハダ こんな、江戸城入り口の、小さなギャラリーで踊らなくていいのね。
大岡越前戯の守忠相兵衛 ただ、役所の手続き上、「足アート」が、ストリップのような不浄のものではないという、なんだろう、足アートの元祖であるという、お墨付きみたいなもの、あ、もう形式的なものだから。
ヤワハダ お墨付き？　どんなもの？
大岡越前戯の守忠相兵衛 たとえば初代出雲阿国の名前が入った……
万歳三唱太夫 絵巻物とか？
大岡越前戯の守忠相兵衛 ああ、そうだね。

万歳三唱太夫　……
ヤワハダ　それなら、間もなくお見せできると思います。
万歳三唱太夫　（ヤワハダにだけ）そんなこと軽々しく言って。
大岡越前戯の守忠相兵衛　よかったあ、いや、あなたを疑っていたわけではないんだよ。
ヤワハダ　では、このゴールドの招待状に、その絵巻物を添えれば、いよいよ将軍の御前に行けるのね。
大岡越前戯の守忠相兵衛　あ、もう一つ、ヤワハダが健康であるという診断書のようなものを。
万歳三唱太夫　役所ってなんでこう手続きが多いの。
ヤワハダ　でも私の体のことは、大岡様が一番ご存知でしょう？　大岡、エッチ前戯で嚙む、ただスケベ～様。
大岡越前戯の守忠相兵衛　あ、そうか、じゃ、その診断書は、今夜、私がヤワハダの体の隅々をしらべながら。（花道へ）
ヤワハダ　もう、忠相兵衛様《ただスケベ～》ったら。（花道へ）
万歳三唱太夫　（花道に追って）あ、大岡様、それと、あの吉原のこと。
大岡越前戯の守忠相兵衛　うん、それも一件落着だ。今後「肌」と「体」で稼ぐのは吉原のみだ。
万歳三唱太夫　では、私も晴れて吉原の天下一のプロデウサァに？
ヤワハダ　そして河原にあらわれる、まがい物の女カブキは容赦なくお取り潰しを？
大岡越前戯の守忠相兵衛　もちろん、君の出自を消すためにじゃないよ。

大岡越前戯の守忠相兵衛と万歳三唱太夫、花道を去る。去りかけてヤワハダ、花道でその手にしたゴールドの招待状をもう一度確かめる。

と、そこへ三、四代目出雲阿国。
三、四代目出雲阿国　この城内に私を招待してくれたのは、ヤワハダちゃん、あなただったの。
ヤワハダ　あ、おくに姐さん、おなつかしい。せっかくだけど、城の外に行かない？
三、四代目出雲阿国　今来たばかりなのに。
ヤワハダ　大川の川辺にでも行って昔のようにお話ししましょう。
場面、大川となる。

三、四代目出雲阿国　私は、てっきり将軍様が、私の踊りを見たくて招待してくだされたのかと……なんで、ニセモノの招待状であたしを呼びつけたの？
ヤワハダ　姐さん、このゴールドのこれ。これがホンモノの将軍様の御前で踊るための招待状、さっき私の元に届いたの。
三、四代目出雲阿国　え？　そうなの？
ヤワハダ　そう、三代目出雲阿国の足アートを見たいって。
三、四代目出雲阿国　そう。
ヤワハダ　喜んでくれないの？
三、四代目出雲阿国　喜べないな。

ヤワハダ　どうして。

三、四代目出雲阿国　だって踊ってみればわかってしまうよ。どちらがホンモノでニセモノか。

ヤワハダ　（橋の上へ）ああ、わかる人にはわかるっていう、あの言い訳か、落ち目の踊り子が使う。

三、四代目出雲阿国　（追って橋の上へ）でも私が踊った後の足跡は、この絵巻物と同じだもの。わかってしまうよ。だれにでも。

ヤワハダ　その絵巻物をくれない？

三、四代目出雲阿国　え？　なんで。

ヤワハダ　大岡様と舟遊びしている時に、舟から見ちゃったの。

三、四代目出雲阿国　何の話？

ヤワハダ　川底から浮かび上がってきたもの。

三、四代目出雲阿国　なに。

ヤワハダ　罪……姐さん、昔、あたしと二人で死体を川に投げ込もうって言ったことあるじゃない。あ、もちろんあの時は、何もなかったけど、でも不思議だよね、あの時姐さんが考えていた通りに、誰かが二人で川に死体を投げ込んだんだよ、そして罪と一緒に浮かび上がったその死体。姐さんの一座の、腑分けものさんだったんだよ……

三、四代目出雲阿国　何の話をしているの。

ヤワハダ　その罪と秘密を墓場まで持っていってもいいよ……絵巻物をくれない？（と、絵巻物に手を伸ばす）

三、四代目出雲阿国　何するの。

絵巻物を奪い取ろうと、ヤワハダ、簪《かんざし》で三、四代目出雲阿国を刺そうとする。
三、四代目出雲阿国に足跡姫が憑りつく。簪を奪い、ヤワハダを刺す。
ヤワハダ、川に落ちる。

ヤワハダがもみ合いの時に落としたゴールドの招待状が、橋の上に残る。その一部始終を、万歳三唱太夫が見ている。

三、四代目出雲阿国　大丈夫だよ、大丈夫、今やったのは、お前じゃない、あたしだよ……え？　誰？……足跡姫でござんすよ。（ゴールドの招待状をゆっくりと拾い）……お前を将軍様の御前に連れて行くんだ。（足跡姫に引っ張られそうなのを後ろへ引き下がり）……でもこれは、三代目出雲阿国宛て……私は。

三、四代目出雲阿国と万歳三唱太夫の目が合う。

万歳三唱太夫　三代目出雲阿国さま！
三、四代目出雲阿国　え？　あ、太夫。
万歳三唱太夫　（橋の上に）無事だった？　一度だって、お前のこと忘れたことはなかったよ、さあ行こう、招かれたところへ、三代目。
三、四代目出雲阿国　……三代目出雲阿国。
万歳三唱太夫　何も躊躇うことはない。（ゴールドの招待状をかすめ取って）この時を逃してなるものかい！

三、四代目出雲阿国　え？

万歳三唱太夫　そう思っているのは、お前と同じ。あたしを城に連れて行ってくれるのなら、あたしにとっては、どちらだって三代目出雲阿国なんだよ。

万歳三唱太夫が、そのゴールドの招待状を改めて三、四代目出雲阿国の手に持たせる。

江戸城へ向かう「三代目出雲阿国」一座の旅芸人の山車が現れる。

ゆっくりと進んでくる。

その中で、浪人・戯けものが、由比正雪か？に。

戯けもの　由比正雪様、いよいよ、お城に。あの姉弟の尻馬に乗って。

由比正雪か？　だがその尻馬が暴れ馬だとは、城の中の誰も気がつくまい。

戯けもの　はい。いつものように『足跡姫』の芝居を将軍様の御前で。

由比正雪か？　いつも通りの筋書きで将軍に斬ってかかる、ただ、今日は、いつかの稽古のように真剣に斬りかかる。……この真剣で。

三、四代目出雲阿国　物騒なことはやめておくれよ！

と、由比正雪か？が、「無限」を取り出したその瞬間、三、四代目出雲阿国が、その刀を奪う。

山車が止まる。

一座の者の手で、御前での芝居の準備がされていくスローモーション。
その中、三、四代目出雲阿国の中に住む足跡姫と由比正雪か？。

三、四代目出雲阿国　でもね、この姉弟には気をつけな。
由比正雪か？　誰だ？
三、四代目出雲阿国　お前が呼んだ足跡姫だよ。
由比正雪か？　気をつけなよとは？
三、四代目出雲阿国　この姉と弟、その『足跡姫』の結末をこっそり書き変えているから。
由比正雪か？　書き変えた？　ゴーストライターを差し置いて？
三、四代目出雲阿国　だからこっちもこっそり教えてあげる、なんたって、私はこの姉の中に棲みついているから、考えていることが筒抜けさ。
由比正雪か？　どんな筋書きだ？
三、四代目出雲阿国　由比正雪、おまえが将軍に斬りかかったその時、この姉弟は、その筋書きを知っていましたとばかり、将軍の前に出て身を挺して、将軍を助けるつもりさ。
由比正雪か？　助ける？　つまり、裏切りか。
三、四代目出雲阿国　そうよ、代わりにこの姉弟は、ご褒美をいただくつもりだ。
由比正雪か？　将軍の命を救った褒美に何を。
三、四代目出雲阿国　女カブキ一座の末永い繁栄を。
由比正雪か？　末永くって。
三、四代目出雲阿国　少なくとも四百年。

由比正雪か？　女カブキ座が続くのか？
三、四代目出雲阿国　東銀座あたりで。
由比正雪か？　そこでは相変わらず、由比正雪は客の前で、毎晩殺され続けるというわけか。
三、四代目出雲阿国　あたしとお前の思惑が勝つか。
由比正雪か？　あの姉と弟の思惑が勝つか。
三、四代目出雲阿国　さあさ見て御覧《ごろう》じろ。

大きな黄金の御簾が一枚下がってくる。

幾つもの黄金の襖が現われる。

そこは江戸城、誰も入ることのできない奥深い場所。
三、四代目出雲阿国一座の旅芸人の山車に幟が立てられる。
そこには「三代目出雲阿国」と書かれている。
三、四代目出雲阿国、サルワカ、由比正雪か?、戯けもの、万歳三唱太夫、そして、役者、踊り子らが、乗っていた山車より降りて、客席に背を向け、将軍御前で正座する。

城内役人フワ・ヤワ　三、四代将軍、イエナントカ様のおな〜り〜！

御簾がかかって、将軍の姿は見えない。

その前に、伊達の十役人の十役人目、松平家老死《まつだいらかろうし》寸前《すんぜん》の紙《かみ》が座っている。

たくさんの等身大のパネルの城内の人間も座っている。その中にホンモノの役者も混じっている。すなわち、ニセモノとホンモノとが入り混じっている城内である。

伊達の十役人・松平家老死寸前の紙　余が今宵、将軍様のお言葉を伝える、伊達の十役人が大《お》取《とり》、十役人目、松平家老死寸前の紙である。お前が、三代目出雲阿国か？　との仰せ。

三、四代目出雲阿国　はい、さようでございます。

サルワカ　（三、四代目出雲阿国にだけ）え？　姉さんいつからそんなにはっきり三代目と。

松平家老死寸前の紙　聞けば、お前は、大岡越前戯の守忠相兵衛、寵愛の白拍子とか。

三、四代目出雲阿国　さようにございます。いつも、かわいがっていただいております。

サルワカ　それはヤワハダのこと……

三、四代目出雲阿国　お黙り！……これが、初代出雲阿国のころより頂戴いたせし、絵巻物。

（広げる）

松平家老死寸前の紙　見事な桜の木である。

三、四代目出雲阿国　本日は、その桜の絵巻物に記せし、秘伝の踊りをお見せする所存にございます。

松平家老死寸前の紙　忠相兵衛より聞いている、あの「下から見れば極楽が見える、足アート」とやらを、将軍様はご所望じゃ。

サルワカ　なんだそれ。

三、四代目出雲阿国　サルワカ！「筋」を始めて。

サルワカが立ち上がり、ポップな音楽がかかる。

踊り子たち踊り始める。

サルワカ　さてさてさて時は江戸、場所は江戸城、その日は、あの由比正雪の乱が起こったその日でございます。

松平家老死寸前の紙　（気色ばむ）なんといきなり物騒な話だ！

サルワカ　いえ、ご安心を、わたくしがこの「筋」は知り尽くしております。必ずや将軍様をお守り申し上げます。

サルワカ　そして見事無事にこの物騒な物語を、私たち姉弟がおさめましたならば。

松平家老死寸前の紙　くれぐれも無礼なきように。

松平家老死寸前の紙　なんだ。

サルワカ　その喝采の代わりに……

松平家老死寸前の紙　だからなんだ。

サルワカ　以後、女カブキの御法度を、お解きいただけませぬか。

松平家老死寸前の紙　（御簾の声を聴き）『よかろう』との仰せ。

サルワカ　と、まあこんな具合に、その由比正雪の乱が起こった日も、旅芸人の一座が、お城に姿を見せて、そんな約束をするやり取りがあったそうでございます。

松平家老死寸前の紙　え？　もう、芝居は始まっていたのか。

由比正雪か？が、いつの間にか、サルワカのうしろに現われる。

松平家老死寸前の紙　この者は？

サルワカ　あれ、もう出てきたのか？　今日はお前が由比正雪役だろう。

由比正雪か？　わたくし、このサルワカと苦楽を共にし、この筋を書き続けてきた狂言作家にございます。

松平家老死寸前の紙　藤子不二雄みたいなことか？

由比正雪か？　さてさてさて、『足跡姫』の始まりはこんな具合でございます……その昔、この世は『少数』でした。だから、この世にあるすべてのものが『少数』しかありませんでした。

サルワカ　え？　ルートとか平方根とかだめだって言ったよね。

由比正雪か？　もちろん、神様も『少数』しかおりませんでした。季節も『少数』で冬しかありません。数字はもちろん『少数』のままで、大きな数になることがありませんでした。もちろん、平和も少なめでした。そこに足跡姫という幽霊が現れたのです。

三、四代目出雲阿国、立ち上がり、足跡姫を演じ始める、だが、ふらついている。

サルワカ　姉さん、大丈夫かい？　足元が。

三、四代目出雲阿国　自分の体じゃないみたいだ。

松平家老死寸前の紙　そこもと、やめておくか。

サルワカ　病を押しても、御前で舞うことが姉の夢にございます、なにとぞ。

三、四代目出雲阿国、ふらつきながらも踊り始める。

由比正雪か？　そして、足跡姫は、その『少数』を足蹴にしました。『少数』は死にました。この世の『少数』が終わりました。神様がたくさん現れ、『少数』だった冬は、春と夏と秋とついでに梅雨まで連れてきました。『少数』のままで終わるはずだった数字も、突然『大多数』になりました。大衆の誕生です。こうして『少数』ではありえない『大多数の大衆』が誕生したのです。つづく。

松平家老死寸前の紙　続く？

由比正雪か？　さよう、話の続きはこの穴の中から出てまいります。

松平家老死寸前の紙　穴？　城に穴など開いてはおらぬ。

サルワカ　（役人たちに）あ、後ろに下がってください。ここがもっとも危ない場面、浪人どもが出てきます、どうぞ！

穴から、浪人たちがあふれ出てくる。

由比正雪か？　我こそが由比正雪。今宵『大多数の大衆』を率いて、将軍の首を取りにまいった。正義は、『大多数』にあり！

城内役人ヤワ　なんという狼藉《ろうぜき》。

城内役人フワ　なんだ貴様ら。

サルワカ　これも芝居、やつらが『大多数の大衆』でございます。

松平家老死寸前の紙　しかし、その手に刀を持っているではないか。
サルワカ　ご安心を、もう一度念の為刀のチェック。真剣が混じらないように。（由比正雪か？の手にしている刀で、自分の首を斬る。ニセモノなので、斬れない）只今そのチェックも済みました。これはお芝居、すべて、ニセモノの刀、よし、それいっ。

浪人と城の者たちが戦い始める。だが、ニセモノの刀。真剣ではない。いったん、死んだりするがまたすぐに立ち上がる。その繰り返し。

戯けもの　戦えど、戦えど、所詮、ニセモノの刀とニセモノの刀、ここでは誰も死なないのか？
由比正雪か？　将軍の首がとれぬ、どこに行った、俺の暴れ骨は、俺の反骨心は。
戯けもの　これでは、由比正雪の乱が、作り物で終わってしまう。
サルワカ　今宵は将軍の御前、私が書いた筋書きにございます。
戯けもの　由比正雪様、こんなことでよろしいのですか？
由比正雪か？　曲がりなりにもゴーストライター、何とか書き直そうとしているのだが、なんだろう？　筆が進まぬ、剣が進まぬ、どうしてだ？
三、四代目出雲阿国　さらば、由比正雪殿、助太刀いたす。
由比正雪か？　誰だ？
三、四代目出雲阿国　足跡姫でござんす。……え？　何をするつもり？
サルワカ　姉ちゃん、助太刀なんかしたらだめだ。

三、四代目出雲阿国　私の物語を、誰が書き直したのか知らねえが……ここじゃない、あなたの出番はここじゃない……いや、待った、この『足跡姫』はいささか、待ったでござんす。わたしゃ、その『少数』とやらを足蹴にした覚えはございません。いやさサルワカ、お前の故郷、いずこのお国こそ、その『少数』の国。ある日、『大多数』は、その『少数』の国から、あたしたちの「刀」を奪ったのです。

由比正雪か？　『大多数』が『少数』の刀を奪った？　なぜ？

三、四代目出雲阿国　私たちが蹈鞴を踏んで作った「刀」は、あまりにも見事だったから。

ひと時代、昔の話に変わる。

松平家老死寸前の紙　この「刀」見事すぎる。だが「刀」という文字の先が、突き抜ければ「力」になる。

城内役人ヤワ　われらを脅やかす「力」に。

城内役人フワ　どこで作られておるのだ。

三、四代目出雲阿国　地球の反対側、いずこのお国で。

松平家老死寸前の紙　ではそこへ行って、この刀を作る鍛冶職人どもに。

サルワカ　刀を差し出させますか？

松平家老死寸前の紙　腕だ。

サルワカ　腕？

松平家老死寸前の紙　まず刀職人に金を払ってやれ。その金で刀職人の腕前を買え。

サルワカ　腕前を買うとは？
松平家老死寸前の紙　買った腕をたたき斬るのだ。
腕を差し出していた、大勢の刀職人の腕が、次々と斬り落とされる。
松平家老死寸前の紙　さすれば、二度とあの名刀を作ることが出来ない。われらの「刀」が、天下一になる。
三、四代目出雲阿国　そうやって、桜の木の下で、故郷のいずこのお国の刀職人たちの腕は次々と斬られました。
松平家老死寸前の紙　これでいずこのお国に、もはや、われらを脅やかす「刀」はなくなった、安堵じゃ、安堵じゃ、安泰じゃ。
三、四代目出雲阿国　そうやって、長い長い間、その安堵に居座っていたのだろうが、ほら、由比正雪。
由比正雪か？　え？　なんだ？
三、四代目出雲阿国　たった一本、いずこのお国の山に残った、これが妖しき名刀「無限」だ。
由比正雪か？　本当か？
三、四代目出雲阿国　真剣に。
由比正雪か？　真剣だ！……そして、まさか、これが俺の最後になるとはなあ！

そして、由比正雪か？、御簾の中にいる将軍に向かって走り出す。御簾越しに刀を突き刺す。

そして、由比正雪は消え去る。

松平家老死寸前の紙　将軍様に反骨が、暴れ骨が突き刺さった。

城内役人フワ　御簾をお開けしろ。

人々、御簾を恐る恐る開ける。

と、腹に刀の刺さった由比正雪が立っている。

松平家老死寸前の紙　え？　え？　どういうことだ。

戯けもの　由比正雪殿。

由比正雪か？　うわっ！

由比正雪、そこに倒れ伏し、こと切れる。

三、四代目出雲阿国　（正気に戻って）サルワカ、あたし何をしたの？

サルワカ　何をしたもなにも、何もかもを台無しにした。

三、四代目出雲阿国　どうしよう。

サルワカ　姉さんは、ただひたむきに踊った。だったら、俺がこの「筋」を、引き受ける。

サルワカ、由比正雪の死体のそばに近づいて、

サルワカ　こうして……こうして……こうして由比正雪の幽霊……いや、生き霊は、ただいま、自らの死体に戻りました。
戯けもの　生き霊？　由比正雪殿の。
サルワカ　あの日、由比正雪の乱は、たった今お見せした芝居のように、うまくいったのです。
松平家老死寸前の紙　うまくいった、とは？
サルワカ　その御簾の後ろにいらっしゃった三代将軍家光様を殺すことに成功していたのです。
松平家老死寸前の紙　それでは、役所にある記録が変わってしまう、それはよろしくない。
サルワカ　この狂言の筋書きとして、由比正雪の乱を調べ上げたのです。するとまず……
松平家老死寸前の紙　何だ？
サルワカ　役所にある三代将軍様の戸籍原本を読み上げて。
城内役人ヤワ　三代将軍名前、家光、住所、江戸城、１６５１年6月8日に死去。
サルワカ　由比正雪の戸籍は？
城内役人フワ　名前、由比正雪、住所、不定。１６５１年9月10日に死去。
サルワカ　なぜ、将軍暗殺に失敗した者の方が、将軍より三か月長生きをしているのでしょう。
戯けもの　うん？
サルワカ　だから、由比正雪は、三代将軍家光様を6月に暗殺することに成功していたのです。
そして、その後三か月間この江戸城で、今日までのうのうと暮らしていたんだ。
戯けもの　ここで暮らしていた？
サルワカ　三、四代将軍イエ……ナントカになり、さっきまで、その御簾の後ろで、そして今、やっと死んだ。

戯けもの　由比殿がなぜ？

サルワカ　いざ、幕府転覆をはかり将軍の座に座ってみれば心地よかったんです。

戯けもの　でも、城内の役人が黙ってはいられぬはず。反乱者が将軍になるなんて。

松平家老死寸前の紙　いえ、どなたが将軍様でも問題はありません。伊達の十役人、平穏でさえあれば。では、サルワカ様、只今の「筋」をいただきまして、事を処理いたします。

戯けもの　だが大多数と約束したこの暴れたい心、どうする？　どうする？　どうしよう？

城の女1　では、あなた方も、あの御簾のそばにある御座《おんざ》に一度座ってみてはいかが？

城の女2　さあ、こちらへ。

戯けもの　いや、俺は。

城の女たちが浪人たちを誘っていく。

城の女3　いかがです？

戯けもの　みんな（座っているほかの浪人たちを見まわして腑ぬけた声で）わるくはないなあ。

浪人たち　（腑ぬけた声で）あ〜。

城の女1　だったら、さあもっと奥へ。

戯けもの　サルワカ、お前、革命の「筋」なんか、もう二度と書くめい。お後がよろしいようで。（大笑いしながら去る）

これまでのことをすべて忘れたかのような、軽薄な音楽と共に、浪人たち、はしゃぎながら、城の奥へと入っていく。

サルワカ （残された「真剣」を手に）では、この暴れ骨は、ここに納めましょうか。

松平家老死寸前の紙 由比正雪殿。無駄死にではございません。貴殿の死骸は「この世の平穏」のシンボルになるのですから。

三、四代目出雲阿国 見せかけのね、見せかけの平穏だわ。

サルワカ 姉さん、静かに。

三、四代目出雲阿国 できねえよ。

サルワカ もうすぐ、この「筋」が、平穏に大団円を迎える。由比正雪も死体に戻った。幕が閉まる。そうすれば喝采をもらえて、晴れて姉さんの女カブキが復活するんだ、大喝采と共に。

三、四代目出雲阿国 そうだよ、足跡姫、あなたはひたむきに踊った、将軍の前で、もう十分だ。あなたも私も……（足跡姫に戻って）黙ってな！ こんな「筋」ばかりがこの世にまかり通っていいわけがない。あたしの山はどこへ行った。いずこのお国はいずこに行った、次にまた誰が、その将軍の座に座ろうが、あたしはその片腕をいただくよ！ （サルワカの手にした真剣の刀を奪う）

松平家老死寸前の紙 女、平穏を望まぬのか。

三、四代目出雲阿国 望まねえな。

松平家老死寸前の紙 なぜ。

三、四代目出雲阿国　あたしも人殺しだけど、おめえらも、たっぷりそうだから。
松平家老死寸前の紙　何がたっぷりだと？
三、四代目出雲阿国　その昔だよ、だから、あたしの山で、いずこのお国でなさったことだよ。

役人たち、三、四代目出雲阿国に向かって、気色ばむ。
サルワカ、再び、三、四代目出雲阿国が手にしている刀を奪い返す。

サルワカ　お待ちください。この足跡姫を作り出したのは僕です。以来、僕は足跡姫の喋るがままの故郷のやまびこでした。足跡姫が話したいことを、きっと故郷が、いずこのお国が話したいことを書き続けました。（三、四代目出雲阿国の方に向き直って）でももう、足跡姫、あなたには従いません。
三、四代目出雲阿国　すると、どうなるってえのさ。
サルワカ　足跡姫は声を失います。
三、四代目出雲阿国　何言ってんだ、あたしがどうして。
サルワカ　そして肉体も失うでしょう。だって、僕が作り出したのですから。
三、四代目出雲阿国　でもこの肉体は、お前の姉のものなんだよ。
サルワカ　え？
三、四代目出雲阿国　……サルワカ、いいよ。足跡姫を消して。
サルワカ　え？　姉さんかい？
三、四代目出雲阿国　足跡姫こそ、私のぐわあっの正体。あいつが私の中にいてくれたからこそ私は踊ることができた。けれども、その足跡姫が私の体を蝕《むしば》んでいるのがわかるんだ。
サルワカ　でも、どうやって消すの？
三、四代目出雲阿国　（体ごと、刀を持ったサルワカのところに飛び込んでいく）
サルワカ　だめだ、姉さん！

柝が入る。
パトカーの音。
ただの河原の小さな芝居小屋で起こった事件に変わっていく。
舞台上の役者たちも野次馬も遠巻きに見守る。

野次馬　芝居熱心なあまりにさ。
穴馬　真剣な弟が。
トラウマ　ひたむきな姉を。
種馬　剣で刺した。
人間万事塞翁が馬たち　らしいよ～。
野次馬　でも命に別状はないらしい。
穴馬　なあんだ、命に別状はねえのか。
トラウマ　だったら俺は、またにするわ。

三、四人、帰る。だが引き続いて多くの群衆は野次馬としてのぞき見している。

サルワカ　姉さん！　姉さん！
三、四代目出雲阿国　あたしは大丈夫だから、将軍様を、将軍様をお守りして、あの足跡姫、また何をするかわからない。
サルワカ　大丈夫だよ、姉さん、もういない、足跡姫はいないんだよ。
三、四代目出雲阿国　じゃあ、将軍様は無事だったんだね。
サルワカ　ああ、姉さん……でも僕らはまだ将軍様の御前になんか行ったことがないんだよ。
三、四代目出雲阿国　だって、そこに、ゴールドの招待状があるだろう。
大岡越前戯の守忠相兵衛　そう、それが、お前のリアリテイだ。ありていに言えばな。
三、四代目出雲阿国　え？

大岡越前戯の守忠相兵衛が花道より入ってくる。

大岡越前戯の守忠相兵衛　どうしたんだ？　どうやって、手に入れたんだ？　私がヤワハダに渡した、そのお城への招待状。
三、四代目出雲阿国　誰？
大岡越前戯の守忠相兵衛　大岡越前戯の守忠相兵衛。何もかもが消え、この芝居小屋にあるリアリテイは、ありていに言えば、（三つの戸板が、そこに現われる。由比正雪、ヤワハダ、腑分けものの死体がそれぞれのっている）盗まれた由比正雪の死体とお前たち姉弟の罪ばかり。
サルワカ　罪？

丸投左連太郎衿人と万歳三唱太夫、花道より。

丸投左連太郎衿人　腑分けものが兄、丸投左連太郎衿人、そしてこれが、お前たちへの逮捕状。
サルワカ　逮捕状？
三、四代目出雲阿国　サルワカ、何が始まっているの？
丸投左連太郎衿人　弟を殺したのは、お前たちだ。俺に弟を腑分けさせたのはお前たちだ。
大岡越前戯の守忠相兵衛　よくぞ、密告してくれた、万歳三唱太夫。
万歳三唱太夫　犯罪者とはいえ、昔はともに一座を組んでいた者たち、心痛みもしましたが、
あえて、大岡様ご寵愛のヤワハダの無念のためにも。
大岡越前戯の守忠相兵衛　ここに、女カブキ座なるもの、末代永久にお取り潰し！
丸投左連太郎衿人　して、この姉弟は？
万歳三唱太夫　あたしのヤワハダと。
丸投左連太郎衿人　わが弟、腑分けもの内臓と。
万歳三唱太夫　その両名を殺した下手人として。
丸投左連太郎衿人　何卒、重罪を。
大岡越前戯の守忠相兵衛　うん、死罪を命ずる。
丸投左連太郎衿人
万歳三唱太夫　死罪だ！

野次馬たちも、半数以上が納得気にうなずいている。

大岡越前戯の守忠相兵衛　これにて一件落着。

三、四代目出雲阿国　待ちな！

サルワカ　え？　どうしたの。

大岡越前戯の守忠相兵衛　なんだ、おまえ。

三、四代目出雲阿国　私、足跡姫でござんすよ……（サルワカだけに）サルワカ、大丈夫、あたしだよ。

万歳三唱太夫　そうかい、足跡姫なら立ち上がれるだろう、踊れるだろう、踊ってみな。

立ち上がろうとするが、瀕死の三、四代目出雲阿国は立ち上がれない。

三、四代目出雲阿国　あたしはどうせ幽霊病、この肉体はこの世から消えていくサダメ、けれど、この弟までは死なせるものかい。

丸投左連太郎衿人　すべてその踊り子の体……身から出た錆だ。

サルワカ　錆じゃない。姉さんの体の中に棲んでいたあいつがすべてやったこと。

三、四代目出雲阿国　でもサルワカ、あいつがいたから、あたしは踊ってこられた、足跡姫でいられたんだ。

大岡越前戯の守忠相兵衛　踊り子は皆犯罪者って話か？

お縄をかけられそうになる二人。

と、三、四代目出雲阿国、岡っ引きをどんとばかりに突き飛ばす。

サルワカ、立ち上がれない瀕死の三、四代目出雲阿国を引き起こして、火事場の馬鹿力、二人三脚で花道を走る。

木っ端役人　逃げられた！
丸投左連太郎衿人　あの手負いの女、消えても血をてんてんと足跡だけは残している、たやすく見つかる。
大岡越前戯の守忠相兵衛　追え！

舞台上の人々、追う。

再び、花道から逃げてくる二人。

大岡越前戯の守忠相兵衛、丸投左連太郎衿人、万歳三唱太夫らとともに、追手も来る。

そして長い縄を、巧みに操る。追手、二人ににじり寄る。

二人、逃げ場を失いじりじりと穴のそばへ。

サルワカ　飛び込むよ、姉さん。
三、四代目出雲阿国　どこへ。
サルワカ　僕が掘り続けてきた穴にさ。
三、四代目出雲阿国　どこへ行くつもり？

サルワカ　僕の掘った穴に賭けるんだ。地球の反対側へ続いていますように、どこまでもどこまでも掘られていますように。行くよ、姉さん。

二人、穴に飛び込む。

丸投左連太郎衿人　あ、あいつら。
万歳三唱太夫　飛び込んでしまった。

呼び子を吹く。

丸投左連太郎衿人　弟の恨み、飛び込んだ先でもやすやすと見つけられますかね？
大岡越前戯の守忠相兵衛　やってみるか、お前たち。

呼び子が聞こえて、さらに捕手《とりて》たちが現れて次々と穴に飛び込む。

木っ端役人　うわあ！
大岡越前戯の守忠相兵衛　何が起こっている。
万歳三唱太夫　この穴、果てしもなく深く掘られています。
大岡越前戯の守忠相兵衛　もはや、飛び込むな！　向こうは、果てしない闇だ。
丸投左連太郎衿人　でも、この闇の先はどこに続いているのでしょう？

人々、フリーズ、盆が回り、向こうへと消えていく。
代って花道のすっぽんの穴から、三、四代目出雲阿国とサルワカが出てくる。
舞台は何もない「素の舞台」となる。

三、四代目出雲阿国　どこに続いていたの？

サルワカ　すっぽんだよ。

三、四代目出雲阿国　すっぽん？

サルワカ　このサルワカが舞台の上に初めて開けてみせた穴だよ。

三、四代目出雲阿国　じゃあ、ここが母さんの言っていた『この世で一番遠いところ』？

サルワカ　そうか、そうだったのか。

三、四代目出雲阿国　なあに。

サルワカ　姉さん、僕ら姉弟は、安寿と厨子王なんかではなくて、チルチルミチルだ。

三、四代目出雲阿国　青い鳥を探した？

サルワカ　でも、母さんの青い鳥だよ。踊ることができなくなった踊り子にとって『この世で一番遠いところ』は、地球の反対側なんかじゃない、舞台だったんだ。踊ることができなくなった母さんにとって、舞台がこの世で一番遠いところだったんだ。「い、い、あ、い」あの母さんの音は、もう一度、舞台に「い、い、あ、い」……行きたい、もう一度舞台に行きたい。そう言っていたんだ。

三、四代目出雲阿国　舞台はどこ？

サルワカ　え？

ゆっくりと、舞台を指さしたくて指を上げる、三、四代目出雲阿国。舞台に、ニセモノの「満開の桜」が降りてくる。

ニセモノの作られた美しさ、その中で。

サルワカ　え？　何？

三、四代目出雲阿国　ういあ、いえぇいう。

サルワカ　指が消えていく？

三、四代目出雲阿国　ういあ、いえぇいう。

サルワカ　私の手が、腕が？

三、四代目出雲阿国　ああいおえあ、うえあ、

サルワカ　きっと母さんと同じ病だ。でも母さんに比べれば、私なんか幸せだ。

三、四代目出雲阿国　しあわせ？

サルワカ　青い鳥が見つかったから。この舞台の上で死ねるのだもの。あいお、ういあ、あいあ、いえぇいう。

三、四代目出雲阿国　足の指が、脚が、消えていく。

サルワカ　い、あ、い、あ、あうあっあ。

三、四代目出雲阿国　視界がなくなった。

サルワカ　あいお、いえあい。

サルワカ　何も見えない。

三、四代目出雲阿国　何も見えなくなった、お前の顔も、でもねえサルワカ、舞台の上なのになんで、こんなにも風も光も感じるんだろう？　まるで、どこかから逃げてきたみたいに、逃げてきた先の桜の木の下にでもいるみたいに。サルワカ、本当にここは舞台の上なの？

サルワカ　本当だよ、舞台の上だよ。

三、四代目出雲阿国　だったら、あたし、もう終わりにしていいのね。

サルワカ　え？

三、四代目出雲阿国　だってサルワカ、お前言ったよ。お前がはじめて足跡姫の「筋」を作りだした時、こう言ったんだよ。足跡姫は、この世の『無限』を蹴散らした。だから『無限』は死にました。代わりに、無限に続かない生命《いのち》が誕生したのです。『終わりのある生命《いのち》』が誕生したのです。こうして、生命《いのち》は終わるようになりました。……終わり。

サルワカ　え？

三、四代目出雲阿国　お、あ。い。

三、四代目出雲阿国、こと切れる。

サルワカ　姉さん……幕だ！　幕を引いてくれ！　ここで幕が引かれさえすれば、芝居になる。幕の後ろで、姉さんはケロッと起き上がる。ニセモノの「死」になる。そしてまた明日も、姉さんは舞台に上がる。……姉ちゃん、僕たちは舞台の上にいなくてはいけない。何度も何度も、ニセモノの「死」を死に続けなくてはいけない……だのに、姉さんの肉体が、ゆっくり、ゆっくりと目の前で消えていく。幽霊のように消えていく。消えていくのが見える。そして消えてしまったものが見える。いなくなってしまった姉さんが見える。姉さんはこう言うだろう。「お前はまだ、何も創っていない」何一つ創っていない。よし、だったら、姉さんが大好きだった起死回生の「筋」を、どんでん返しを作ってみせる。そこで姉さんを生き返らせるよ。まず……姉さんの肉体が消えて、ここで女カブキの一座も消えてしまうだろう。僕は、この江戸にとどまろう。とどまって江戸中橋広小路あたりに一座を作ろう。なんて名にしよう。サルワカ……うん、猿若座を作る。そして僕がその初代猿若勘三郎になる。女カブキは消えたけれど、これは代行業務だ。そしてやがて初代の猿若勘三郎の肉体も消える。だが消えても、消えたのに消えることなくずっと続いてみせる、僕が掘った穴から、地球の反対側からいずこのお国の故郷から、次々と現れる、二代目、三代目、……いやもっと、六代、七代……うん、十二、十三、十四、十五、十六、十七、十八……少なくとも十八までは。……ごめん！　また大向こうの嫌いな数字の話をしちゃったよ。でもそこできっと、姉さんのひたむきは生き返る。あの無垢の板で出来た花道の先、大向こうで、ひたむきな心は、生き返る。

終わりを知らせる柝が入る。

溶暗していく。

足跡姫　時代錯誤冬幽霊《ときあやまってふゆのゆうれい》

［キャスト］

三、四代目出雲阿国　宮沢りえ
淋しがり屋サルワカ　妻夫木聡
死体／売れない幽霊小説家　古田新太
戯《たわ》けもの　佐藤隆太
踊り子ヤワハダ　鈴木杏
万歳三唱太夫《ばんざいさんしょうたゆう》　池谷のぶえ
伊達《だて》の十役人《じゅうやくにん》　中村扇雀
腑分《ふわ》けもの　野田秀樹

秋草瑠衣子　秋山遊楽　石川朝日
石川詩織　大石貴也　上村聡
川原田樹　末冨真由　鷹野梨恵子
手代木花野　土肥麻衣子　西田夏奈子
野口卓磨　野村麻衣　花島令
福島梓　本間健太　前原雅樹
松崎浩太郎　的場祐太　モーガン茉愛羅
吉田知生　吉田朋弘

囃子　田中傳左衛門
　　　望月太喜十朗
笛　田中傳三郎

［スタッフ］

作・演出	野田秀樹
美術	堀尾幸男
照明	服部基
衣裳	ひびのこづえ
作調	田中傳左衛門
サウンドデザイン	原摩利彦
音響	zAk
振付	井出茂太
映像	奥秀太郎
美粧	柘植伊佐夫
舞台監督	瀬﨑将孝
プロデューサー	鈴木弘之
企画・製作	NODA・MAP

初出
贋作　桜の森の満開の下　　二〇一八年公演台本
足跡姫　　　　　　「新潮」二〇一七年三月号

「贋作　桜の森の満開の下」は、公演前の台本を底本としたため、一部公演時の台詞と異なる場合があります。

「足跡姫」は、公演台本を元に加筆修正しています。

本書収録の作品中、差別的表現が出てくる箇所がありますが、著者の意図は決して差別を目指すものではありません。作品の文学性、芸術性の上から表現の言い替えを行わず、原文通りの表記といたしました。読者の皆様のご賢察をお願いいたします。

〈編集部〉

装幀　新潮社装幀室

贋作《にせさく》 桜《さくら》の森《もり》の満開《まんかい》の下《した》／足跡《あしあと》姫《ひめ》 時代錯誤冬幽霊《ときあやまってふゆのゆうれい》

著　者………野田秀樹《のだひでき》
発　行………2018 年 9 月 25 日

発行者………佐藤隆信
発行所………株式会社新潮社
郵便番号 162-8711 東京都新宿区矢来町 71
電話　編集部 03-3266-5411
読者係 03-3266-5111
http://www.shinchosha.co.jp

印刷所………大日本印刷株式会社
製本所………加藤製本株式会社

乱丁・落丁本は、ご面倒ですが小社読者係宛お送り下さい。
送料小社負担にてお取替えいたします。
価格はカバーに表示してあります。

ISBN978-4-10-340518-4 C0093